Jackie Macri

Une histoire calabraise

ROMAN

JASMIN LITTÉRATURE

ÉDITIONS DU JASMIN

Jackie Macri

Jackie Macri, enseignante et comédienne, a cofondé et anime la compagnie des Soi-Disant. Elle intervient dans les écoles pour le projet pédagogique *Écrire entre Cour et Jardin* (de l'écriture d'une pièce à sa représentation sur scène).

Dépôt légal : 3e trimestre 2021
www.editions-du-jasmin.com
ISBN 978-2-35284-238-5

DU MÊME AUTEUR

Frelons, Le Verger éditeur, 2017
Ukumbusho la mémoire de la forêt, Le Verger éditeur, 2011
Parallèle (pièce de théâtre) Label Vie sécurité routière 2002

Poésies, nouvelles publiées en revues et sur des sites Internet

1

La colère paternelle a déferlé dans la petite cuisine, au rez-de-chaussée de la maison Cosentino. Elle charriait les exaspérations accumulées et, dans cette cascade fracassante, le père n'oubliait aucun grief. Tout y passait.

D'abord la Terre, coupable de tourner toujours dans le même sens, toujours du côté des puissants. Ensuite son propre pays, sa terre natale incapable de retenir l'aîné, le fils parti chercher fortune dans la grande Amérique. Puis son fichu accident qui l'empêche d'exploiter comme il faudrait son morceau de campagne, à la sortie du village. Ce petit lopin de colline coincé entre une oliveraie prospère dont il ne deviendra jamais propriétaire et la pointe inculte du *monte* Nebia, il est si haut perché que la langue dessèche à chaque montée.

Le père se déchaînait contre la malédiction qui ne lui laissait pas le temps de reprendre son souffle avant d'encaisser le mauvais coup suivant.

Il blasphémait le Ciel et ses représentants incapables de lui offrir une chance, « une petite chance de vivre en paix, sans tracas, ne serait-ce qu'une semaine. Jamais rien de bon, encore du mauvais, toujours du mauvais. Mais qu'est-ce que j'ai fait au Bon Dieu ? »

La rage bruyante a submergé la maison Cosentino et a inondé la *via* Dante.

Le père hurlait : « On n'en avait pas assez des soucis, non, non, il en vient encore ! Et le pire, le pire, il arrive de ta fille, Magda ! Ta fille ! Elle n'a pas su remplacer son frère à la campagne. On aurait dû la marier, on aurait gardé l'honneur ! Ta fille, non seulement elle a soutenu le regard du jeune Baron, mais elle a répondu à son sourire ! Oui, comme je te le dis, Magda ! En rentrant de la campagne, sur la place Garibaldi, devant tout le monde ! Tu sais que ça signifie, Magda ! La honte, le déshonneur ! On ne pourra pas y survivre, Magda ! »

La mère s'est mise à pleurer, effrayée par la hargne, accablée par la gravité de l'annonce. Alors, ses pleurs ont disloqué la colère du père et dans la petite cuisine le silence a remplacé les sanglots.

Luisa, réfugiée au grenier, écoute ce silence. Elle est assise par terre, les genoux entre ses bras croisés. Elle sait que la fureur paternelle ne montera pas jusqu'au dernier étage. Le père ne peut plus grimper à l'échelle de meunier. Elle sait que la mère choisira de rester à ses côtés ; de toute façon, les larmes l'ont épuisée.

Elle sait aussi que ni l'un ni l'autre ne lui demanderont de descendre. Alors, elle s'est adossée au mur, au pied du four à pain. Face au fenestron ouvert. L'air chaud de ce 6 juillet 1963 continue son incursion dans le grenier tandis que le clair-obscur modifie les ombres. Luisa ferme les yeux, les battements de son cœur ralentissent. La nuit va bientôt tomber.

Et sans crier gare, la *via* Dante s'est animée d'un coup. Les voisins ont surgi de leur petite cuisine à eux. Les femmes d'abord, abandonnant la cuisson des pâtes sur le feu, les aubergines dans la poêle. Maria-Rosa, la veuve du forgeron, est sortie la première, sans avoir quitté son tablier noir, noir comme sa robe, noir comme ses collants, comme ses pantoufles. Sa fille, vêtue de la même couleur, la suit de près. Toutes les deux trépignent au beau milieu de la rue, les bras tendus, les mains ouvertes. Elles crient « Le malheur a touché la maison Cosentino ! Le diable a pris la petite Luisa ! »

Et le cantonnier accourt à son tour et menace de s'attaquer au fils du Baron « qui aime la chair fraîche tout autant que son père ».

Accourt à sa suite le cordonnier, Luigi le bossu, le *Gobbo.* Il gesticule et s'insurge : « Il faut ressortir les fusils ! »

Tous les voisins occupent la rue, maintenant. Tous jurent, s'enflamment, comme si le silence dans la petite maison Cosentino avait autorisé ou, mieux, avait donné le départ à d'autres vociférations. Cosentino est arrivé au bout de sa fureur, c'est à eux de manifester la leur, en solidarité.

Maria-Rosa harangue les voisins, elle s'époumone et la rue tout entière en perd son souffle.

— La *via* Dante est damnée ! Vous vous rappelez cette pauvre Natalina engrossée par le Baron ? Eh bien, ça recommence !

— Et cette fois, à cause du fils ! Maudite engeance !

— La Natalina, elle a quitté le village, toute grosse qu'elle était, en plein hiver. Qui sait comment et où elle a fini, la malheureuse !

— Le curé va encore obliger les parents à sacrifier une fille !

— Cosentino ne se laissera pas embobiner ! Lui, il n'est pas du genre à écouter les curaillons ! Il va courir te le chercher le diable de Baron et il te le mettra sur un bûcher avec son fils, et s'il a besoin de moi, j'en serai.

— Il faut prendre les armes, je vous dis, et chasser les démons !

Ça gronde fort devant les portes. Ça pleure sur les balcons, la confusion véhémente bouleverse les femmes plus âgées et les petits. Les cris se mêlent aux odeurs de cuisine…

La nuit est tombée. Le tumulte aussi. Puisque Cosentino sait que la *via* Dante le soutient, chacun doit régler les affaires familiales à sa manière. On peut rentrer s'attabler. Il faut respecter l'obscurité tout comme on respecte les deuils.

2

La lumière du réverbère éclaire le grenier. Luisa ne descendra pas, sa présence risque de raviver la rage du père et le chagrin de la mère. Elle sait qu'ils refuseront de l'entendre. Elle s'est redressée. Elle titube. Elle n'a rien mangé depuis l'aube. Le vendredi, jour de lessive, il faut se lever tôt, parce que les meilleures places sur le bord du Turbido sont prises de très bon matin ; « premières arrivées, premières servies ». Luisa et sa mère remportent souvent cette course hebdomadaire.

La jeune fille s'approche des claies où reposent les figues à sécher. Elle hésite, on ne touche pas à ce qui est réservé aux mois d'hiver. Selon la coutume, on travaille à la manière des fourmis. Mais la faim est plus forte que la coutume. Luisa a aidé la mère au fleuve jusqu'à midi. Et elle a enchaîné avec le père, à la campagne, à récolter les courgettes, les premiers piments, enlever les mauvaises herbes au pied des haricots, entendre le père qui rouspète : « Dépêche-toi, on va pas y passer la nuit ! Arrête avec ces tomates. Tu mangeras à la maison. Au plus vite on finit, au plus vite on se rentre ! »

Et tout a été terminé avant dix-huit heures. Les légumes triés et rangés ; les courgettes dans la corbeille, les concombres dans le sac. Comme tous les jours à la belle saison, depuis que le frère est parti, depuis que Luisa l'a remplacé, depuis trois ans.

Enzo a embarqué à Reggio, le 18 juin 1960. Et le lendemain, le dimanche 19 juin, le père a emmené Luisa au grand marché de Siderno. Là, il lui a choisi des chaussures, des solides, celles qu'il faut pour travailler à la campagne. Bien sûr, il les a trouvées du côté enfants, à cause de la pointure de Luisa. Il a acheté aussi deux paires de pantalons de jeunes garçons, l'une en flanelle, l'autre en toile. Pas de chemise ni de veste parce qu'Enzo avait laissé quelques vêtements et qu'il a jugé que ça suffirait. Ils sont retournés au village par le bus de onze heures quinze. Le père était doublement satisfait ; il n'avait rencontré aucune connaissance et il avait dépensé moins que prévu. C'est ce qu'il a dit à la mère au repas de midi, dans la petite cuisine au rez-de-chaussée de la *via* Dante.

— Forcément, les souliers pour enfants coûtent moins cher ! Elle chausse du trente-sept, tout de même. Enfin, la voilà équipée maintenant.

La mère hésitait :

— Ça ira bien jusqu'en septembre, mais après… Elle n'a pas fini l'école.

Le père avait haussé les épaules :

— Elle y retournera quand elle pourra !

La mère soupirait :

— Bien sûr, quitte à payer des amendes…

— Tu parles ! La fille du *Gobbo* a quitté l'école à douze ans. Elle en a seize maintenant et personne n'a jamais été rappelé à la loi.

Luisa avait essayé d'intervenir dans la discussion.

— Je pourrais m'occuper du *nonno* et de la maison, pendant que vous travaillerez à la campagne et…

Le père l'avait interrompue :

— Toi, quand on aura besoin de ton avis, on te le demandera.

Puis il avait ajouté à l'intention de la mère :

— Qu'est-ce qu'ils diraient, les gens, hein, s'ils voyaient que tu laisses ton vieux père malade à la petite-fille ?

— Et qu'est-ce qu'ils diront les gens, quand ils verront ta fille habillée en garçon ?

Le père avait répliqué :

— Eh bien, ça se fera en cachette ! Elle se changera dès qu'on arrivera à la campagne. De toute façon, on n'a pas le choix.

La mère avait tenté une dernière fois de suspendre sa décision.

— On pourrait attendre. Dès qu'Enzo sera établi là-bas, il nous enverra un peu d'argent. Tu n'auras plus besoin de trimer autant.

Le père ne s'était pas fâché, il ne se fâchait jamais contre la mère, mais il avait poursuivi.

— On en a déjà parlé, Magda ! N'oublie pas qu'il faut penser au mariage du fils. On utilisera son argent… s'il en envoie… pour la cérémonie et la réception. À propos de noce, le trousseau pour la fille, il est terminé ? Toujours pas ? Alors, on n'a pas fini de trimer, Magda !

Et il avait parlé du *zio* Massimo, de son célibat et de sa terre à blé.

— Quel dommage qu'il ne se soit pas marié, ton frère ; sa femme se serait chargée du *nonno* ! Et peut-être qu'on aurait pu s'arranger à travailler ensemble là-haut.

— Mon frère et toi, vous ne vous êtes jamais entendus. Alors, marié ou pas…

L'oncle de Luisa exploitait une belle parcelle située à l'Abito, au pied de l'Aspromonte, avec une équipe de journaliers, et elle rendait bien. Il descendait au village le vendredi et retournait à l'Abito le dimanche, après la messe qu'il ne manquait jamais. Entre-temps, les repas se prenaient en commun chez le *nonno.* Et au cours de ces visites, le père de Luisa et le *zio* Massimo ne se gênaient pas pour étaler leurs désaccords, d'ordre politique essentiellement. Le *nonno* n'essayait même plus de tempérer les querelles. Il était passé à autre chose, il parlait très peu et il quittait rarement son lit. Le départ d'Enzo n'avait rien changé, au contraire, il était l'objet de discussions plus vives.

Si la mère ne s'habituait pas à cette absence, le père s'en était accommodé. Ils recevaient régulièrement de petites sommes d'argent, quelques lettres, dont une très courte, destinée à Luisa en particulier : « Je sais que le père exige beaucoup d'efforts, j'espère qu'il ne t'a pas retirée de l'école, au moins. Ici, la vie est presque aussi rude que chez vous, mais je m'adapte au froid et à la neige, mon travail me plaît. Je n'oublie pas ce que je t'ai promis. Prends soin de toi, sœurette. Aide maman du mieux que tu peux. »

À la fin de l'automne 1962, Enzo n'assista pas aux funérailles du *zio* Massimo, victime d'une mauvaise chute sur le sentier des Grecs, à quelques mètres à peine du village.

Le *nonno* n'a plus jamais parlé et n'a plus quitté son lit.

3

Luisa s'est approchée du fenestron, elle a fini par prendre trois figues et elle mange lentement, parce qu'elle craint de devoir en chaparder davantage. Les façades des maisons ne sont plus éclairées que par le lampadaire. L'assoupissement accompagne le silence. Les parents se sont-ils endormis ? Elle n'ose pas descendre de peur de faire grincer l'échelle de meunier, de passer devant la porte de leur chambre ouverte et de les voir assis sur le lit à se lamenter.

Luisa s'est haussée sur la pointe des pieds et s'est accoudée au fenestron. Elle reste debout à suivre la nuit : l'envol maladroit d'une chauve-souris qui cherche à fuir l'éclairage, le déplacement de tarentes sous la gouttière.

Des éclats de voix contenus, des bruits de pas attirent son attention. Elle se hisse un peu plus et se penche. Elle reconnaît le couple qui monte la *via* Dante. Rita, la fille du garde champêtre, raccompagnée par son fiancé Pasquale. À la manière qu'ils ont de parler, elle comprend qu'ils ont entendu la rumeur. La colère du père est descendue de rue en rue, jusqu'au bas du village où demeure la famille de Pasquale.

Rita, la meilleure amie depuis l'enfance. Il fallait l'appeler.

« Rita, Rita, rien de ce qui se dit n'est vrai. Il ne s'est rien passé. Rien. Rita, laisse-moi te raconter. Toute la matinée, j'étais occupée à la rivière, avec ma mère et la tienne. Il y avait avec nous Maria-Rosa, Geralda et ses filles, Lucia et Bianca. Toi, le vendredi, tu vas chez tes futurs beaux-parents. Tu as manqué quelque chose, tu aurais ri aussi. Le fils du Baron s'entraînait à conduire sa Vespa toute neuve. Ses allées et venues bruyantes sur la route, ça exaspérait les femmes ! Geralda fulminait, elle l'accusait de profiter de la présence des filles pour les impressionner avec “cette machine qui avait dû coûter les yeux de la tête”. Elle disait que le fils tenait de son père, le diable en personne. Nous trois, on s'en moquait, ça nous faisait aucun effet, tu parles ! Qu'est-ce qu'on s'en fichait que le fils du Baron soit le fils du diable et qu'il n'arrive pas à conduire une Vespa ! Tu nous connais, Rita, les seuls garçons qui peuvent nous impressionner n'ont pas les moyens de fanfaronner avec un véhicule pareil. Ils travaillent dur et honnêtement. Ils sont de notre monde. Et nous, on sait garder notre place !

Quand la cloche a sonné midi, le bruit du moteur a cessé. Ma mère m'a envoyée à la campagne pour assister le père, comme d'habitude. Je suis arrivée au pont, et là, qui je vois ? Le fils du Baron, allongé, coincé sous sa Vespa, incapable de se relever ! Comment tu aurais réagi, toi, Rita ? Il n'y avait personne pour le secourir, la route était déserte ! Je l'ai aidé à se dégager. Il m'a remercié, tout penaud, et il est reparti à pied, la Vespa ne redémarrait pas ! Voilà ! Il ne s'est rien passé et, moi, j'ai couru parce que je pensais que le père allait ronchonner pour le retard !

Il avait déjà mangé et il fallait se dépêcher de trier les courgettes et les concombres pour le marché. Je n'ai pas arrêté jusqu'au soir et j'étais soulagée de rentrer. Sur la place Garibaldi, on a croisé le fils du Baron, il m'a saluée. Pourquoi je lui ai souri ? Je ne sais pas, Rita ! Peut-être parce que je l'avais aidé, parce que je me suis sentie son égale, et même plus forte que lui. Il ne s'est rien passé, tu vois ! »

C'est ce qu'elle aurait dû dire au père si elle avait eu le courage de lui tenir tête. C'est ce qu'elle va dire à Rita. Luisa se penche un peu plus. Un effort supplémentaire parce que le fenestron est placé haut et qu'il faut, pour se percher, tirer davantage sur la pointe des pieds.

Elle se prépare à appeler Rita, dès que Pasquale l'aura embrassée et qu'il se sera éloigné… Mais, juste avant de rentrer chez elle, Rita a scruté la porte de la maison Cosentino. Luisa surprend son regard et, dans ce regard, il n'y a plus d'amitié. Quand les yeux restent à demi-fermés, sans battement de paupières, quand on se détourne lentement, il n'y a plus rien. Et s'il n'y a plus rien à attendre de Rita… Personne ne l'écoutera.

Puisqu'on la juge coupable, sera-t-elle condamnée à vivre en réclusion, enfermée à la maison ? Le père a besoin d'elle, mais il ne peut pas se soustraire à son devoir d'autorité. Il doit sanctionner d'une manière ou d'une autre. Comment ? Et la mère ? Elle qui emprunte deux rues pour se rendre chez le *nonno*… Comment supportera-t-elle ce qui se dira à son passage et tout ce qu'elle entendra le dos tourné ?

Accoudée au fenestron, Luisa se tient toujours sur la pointe des pieds à regarder la *via* Dante. Plus haut, il y a une maison tout comme la sienne qui a été « déshonorée ». Et pour surmonter la honte, les parents ont chassé la fille. Elle s'appelait Natalina Sorgentino. Luisa n'était pas née quand le drame a eu lieu, mais il lui arrive de rencontrer la sœur aînée et le frère de la réprouvée qui habitent au bout du village. Ils font comme si Natalina n'avait jamais existé.

Jusqu'à aujourd'hui, Luisa a toujours pensé qu'il s'agissait d'une légende, quelque chose que l'on raconte pour effrayer. « Voilà ce qui se produit si vous ne marchez pas droit. Les jeunes filles honnêtes ne répondent pas aux sourires des hommes, elles ne leur adressent pas la parole sans y être autorisées par les pères qui décident le moment de les marier et avec qui les marier. »

De toutes ces règles de conduite, la plus fondamentale a été introduite après l'histoire de Natalina Sorgentino : « Ne jamais, jamais s'approcher du Baron et de sa descendance. »

Lorsque Luisa parlait avec Rita de cette injonction, elles riaient, se croyant à l'abri, à cause de cette histoire qui servait d'exemple, bien sûr, mais pas seulement. Elles ne se trompaient pas de route, par respect des parents, par respect d'elles-mêmes.

Le Baron, les deux amies l'aperçoivent lors des fêtes patronales, mais il ne participe pas aux festivités, il est flanqué de Gian Carlo, le buraliste, et Cesare, le garagiste, « des gens infréquentables » selon le père de Luisa. Ils se tiennent à l'écart, attablés au bistrot de la place Garibaldi, au bas de l'immeuble qui appartient au Baron, un homme très riche qui a toujours la cigarette à la bouche. Son épouse, on la croise rarement. Elle est vêtue comme si elle se rendait à la messe tous les jours, mais on ne l'y a jamais vue. Elle ne salue personne. Une femme très maigre qui cache son visage, à la belle saison, sous un chapeau de paille à la mode américaine et, l'hiver, sous un autre de feutre noir aux larges bords. Rita était persuadée qu'il s'agissait d'un vampire ! « La preuve, elle se protège, elle ne supporte pas la lumière. »

Le fils du Baron, lui, ne vient à Mammola que pendant les vacances d'été. Il traîne souvent seul, parfois avec le plus jeune frère du pharmacien. On voit bien que cette famille vit selon des codes éloignés de l'ordinaire des villageois. Voilà comment les deux amies raisonnaient. Elles, elles appliquent les règles de leur monde. Les traditions servent de garde-fou ou de garde-corps. Les garçons, elles en parlaient comme ci comme ça, elles avaient l'âge d'en discuter, entre elles…

Rita se doutait bien que Pasquale, un jour ou l'autre, allait lui faire la cour et elle s'impatientait, d'ailleurs. Leur relation avait commencé après le mariage de sa sœur aînée, pendant la réception. Quant à Luisa, elle ne fréquentait personne. Le père disait beaucoup de bien de Luigi, l'ami d'Enzo qui tenait l'étal de fromagerie, voisin du leur au marché, mais, pour le moment, rien de bien officiel. Tant mieux, il lui était indifférent. Elle ne savait pas expliquer pourquoi… De toute façon, Luisa avait décidé de choisir son mari. À force de remplacer le fils, elle s'était imaginé en avoir gagné les privilèges…

Maintenant, Luisa a perdu le droit de penser à ce genre de futur. Si Rita renie son amitié, ni Luigi ni aucun autre garçon ne voudront d'elle. Elle risque d'être chassée de sa maison et elle disparaîtra de la mémoire du village. Comme Natalina… Où était-elle partie ? Était-elle encore vivante ? Et Luisa, où pourrait-elle se réfugier ?

4

Luisa a quitté le village avant l'aube et s'est engagée dans le lit du Torbido, sur sa partie asséchée. Elle ne craint pas de rencontrer quiconque à cette heure-ci. De toute façon, personne n'aurait pu la reconnaître : elle a enfilé une paire de pantalons et a remplacé la *curuna*, ce morceau de tissu entortillé à la manière d'une couronne posé sur la tête qui aide à soutenir de lourdes charges, par un balluchon sur l'épaule. Dans lequel il y a de quoi assurer sa retraite, du moins pendant quelque temps, jusqu'à l'automne. Il lui reste deux mois pour se préparer à la suite. Peut-être n'arrivera-t-elle pas à survivre une saison ? Peut-être ne parviendra-t-elle même pas au bout du chemin. Elle porte les godillots que le père lui a achetés. Des chaussures d'hiver lourdes et solides. Suffisantes au cas où elle poserait le pied sur un nid de serpents ? Ils les installent sous les pierres, parce qu'elles gardent la chaleur de la journée et reçoivent l'humidité qui persiste dessous, là où l'eau du Torbido continue son trajet somnolent, qu'un orage peut réveiller en quelques heures.

Elle avance, le bâton qui retient le balluchon en équilibre pèse de tout son poids sur son épaule. Elle craint de ployer, mais elle ne doit pas se reposer, pas encore. Lorsqu'elle marchera sur le sentier des Grecs, lorsqu'elle s'éloignera du village, lorsque le soleil montera haut dans le ciel, elle reprendra son souffle. Il lui faut gagner du terrain, le plus possible, profiter de la lumière de la lune qui l'escorte dans sa fuite. Elle doit lutter contre la fatigue, contre le sommeil qui la fait tituber. Elle ne doit pas penser au père qui devra annoncer sa disparition à Enzo, l'aîné, là-bas dans la grande Amérique, par télégramme, comme pour signaler un décès. Elle se sent responsable du chagrin de la mère, mais elle continue…

L'air, chargé d'odeurs de fenouil sauvage, tiédit. Le ciel s'est allumé. Luisa quitte le lit du fleuve et s'engage sur le sentier escarpé. On dit que les partisans qui échappaient à l'enrôlement de force dans les troupes de Mussolini ont suivi cette direction. Le père en a fait partie. Elle le sait par le *nonno* qui raconte les chroniques locales, l'histoire des villageois. Enfin… il les racontait jusqu'à ce que sa mémoire soit paralysée comme ses jambes.

« Ta mère, je l'ai mariée à ton père. Pas parce que c'était un bon parti, il n'avait rien. Le pauvre gamin a perdu ses parents pendant le tremblement de terre de 1930. Il a été recueilli par sa tante qui habitait juste avant le pont et elle ne possédait pas grand-chose. Il a grandi chichement. Mais pendant la guerre, lui et quelques jeunes du village se sont cachés dans la montagne Limina. Et ils nous ont débarrassés de la vermine fasciste. Oh, il se trouvera toujours quelque roublard pour critiquer leurs méthodes, mais ton père, la nuit, il redescendait "au bourg", comme on appelait Mammola à l'époque. La besace pleine de lapins sauvages, de ghiri, de châtaignes et de ce qu'il grappillait à droite à gauche.

Bien des miséreux peuvent lui dire merci, grâce à lui et à ses compagnons, ils ont pu manger. Voilà pourquoi je lui ai donné ta mère. Parce qu'elle méritait un homme de cette trempe. Quand ils se sont mariés, j'ai divisé l'héritage. Je leur ai laissé un morceau de campagne pour qu'ils ne manquent de rien. Ton oncle Massimo a eu le meilleur, la terre à blé, puisque l'aîné a droit à la plus grosse part. Elle vous reviendra, à ton frère et à toi, il n'a ni femme ni enfant. »

C’est là où elle se rendait, sur la terre à blé. Le seul endroit où elle savait aller. Elle se rappelait le chemin parce qu’après le décès du *zio* Massimo le père avait tenu à y monter.

« Pour vérifier… par curiosité. » Et elle l’avait accompagné. L’ascension lui avait été pénible, mais il avait triomphé. Arrivé à l’Abito, il affichait son contentement, il souriait et Luisa avait aimé le voir comme ça.

— On y est ! Un bien beau morceau de terre !

Luisa aussi avait trouvé l’endroit superbe. Elle s’était toutefois permis de remarquer :

— On a marché longtemps !

— Ah, je dois reconnaître que ça pose un sacré problème ! Tu comprends pourquoi ton oncle y restait la semaine. Zou, on passe tout ça en revue ! Après, on mange et on redescend.

Luisa avait suivi le père sur chaque portion du terrain en friche. Les sangliers avaient ravagé le champ de blé qui aurait pu « donner cette année ». Sa colère avait succédé à sa déception puis s’était changée en satisfaction en apercevant les arbres fruitiers.

— Ah ! Les voilà. Quelle abondance ! Regarde-moi ça ! Le prunier ! Avant de partir, on prendra quelques prunes pour ta mère. Allez, je te montre le figuier, les châtaigniers. Ah ! Je les imaginais plus fournis…

Luisa s'était demandé comment son père pouvait se déplacer d'un point à un autre aussi vite avec sa jambe estropiée.

Ils étaient entrés dans le cabanon pour « une inspection ». La visite terminée, le père l'avait conduite à une petite rivière appelée la Lenta, derrière le grand rocher qui marquait la limite du terrain. Ils avaient mangé, assis au bord de l'eau.

— On n'est pas venus pour rien. On a eu raison de monter. Au moins, tu as vu la terre de ton oncle.

Le père semblait disposé à bavarder et Luisa en avait profité.

— Qu'est-ce que c'est ces drôles de petits terriers ? Là, à fleur d'eau ?

— Les crabes d'eau douce ! Je m'en souvenais plus de ces bestioles. Si on arrive à en attraper, ça peut agrémenter une soupe, mais il faut connaître la technique.

— Et toi, tu sais ?

— J'ai oublié !

Au moment de ranger le pique-nique, Luisa a demandé :

— Il n'y a que ce chemin pour venir ici ?

— Ouais. Quand ils ont tracé la route qui mène au sanctuaire, de l'autre côté de la Limina, ils ont pensé à la prolonger. Elle serait passée juste devant le terrain, mais le projet a été abandonné, à cause de la Lenta. On ne sait jamais jusqu'où elle peut grossir…

— Dommage !

— Comme tu dis ! D'autant que le cabanon a résisté à l'hiver, le four a été bien entretenu et la source a toujours un beau débit… Et ce ne sont pas les outils qui manquent. Quel gaspillage, lâcher cette bénédiction aux sangliers !

Il était impossible d'exploiter cette parcelle sans y demeurer et hors de question de laisser la maison à Mammola ; la mère prenait soin du *nonno*, elle lui portait les repas quotidiennement et elle le préparait pour la nuit. Et puis, le temps où les familles vivaient isolées en montagne à travailler les campagnes éloignées et revenaient au village une fois par semaine était révolu.

Au retour, pendant le souper, le père avait tout de même réfléchi à une solution.

— On pourrait, avec la fille, puisqu'elle remplace Enzo maintenant… on pourrait y passer la saison des récoltes, louer un mulet, peut-être même en acheter un pour descendre au marché. Ton frère procédait de cette manière. T'en dis quoi, Magda ?

— Tu n'y penses pas ! Il n'y a pas l'électricité ! Et puis, j'ai besoin de la petite, moi ! Si tu me l'emmènes là-haut, je ne pourrai pas assurer la garde du *nonno,* la maison et la campagne toute seule !

— L'électricité ! Pfff ! Je peux m'en passer, moi ! D'accord ! Vous deux, vous vous occuperiez du bas. Moi, je prendrai un journalier et…

— Toi ? À l'Abito ? Avec ta jambe ? Je ne dormirais pas tranquille ! Mon frère est parti dans le ravin, et heureusement que c'était en descendant et qu'on s'inquiétait de ne pas le voir arriver. Tu imagines sa chute en remontant. Au milieu des rochers, il y serait resté combien de temps à se faire dévorer par les fourmis comme San Nicodemo ? Ah non ! Je ne vais pas passer mes nuits à m'étouffer de peur. On a assez de souci sans…

Le père l'avait interrompue :

— Alors, basta ! On n'y pense plus et balance-la, cette satanée clef. Je ne veux plus entendre parler de la terre de Massimo.

La mère ne l'avait pas jetée, en mémoire de son frère, en souvenir d'une grandeur d'autrefois. Elle s'était contentée de l'ajouter au trousseau de vieilles clefs inutilisées, accroché à un clou planté dans l'encadrement du fenestron, au grenier.

5

Luisa avait regardé le trousseau… Elle avait reconnu la clef de l'Abito et elle l'avait décrochée.

Et cette nuit-là, elle a préparé un balluchon : deux morceaux de savon, du linge de rechange qui séchait sur l'étendoir, un paquet de farine, un de riz, un petit bocal de saindoux, un de champignons au vinaigre – pour le vinaigre surtout –, un sachet de gros sel, quelques figues, un beau pain de maïs. Elle s'était même autorisée à prendre deux meules de pecorino, celles de 3 kg 500, données par les parents de Luigi en gage d'estime.

Elle ne commettait aucun vol. Et puis, il n'y en avait qu'une pour elle, l'autre était destinée à l'ermite qui vivait dans une grotte sur le sentier des Grecs. « Respecter la coutume, quand on passe devant, on apporte une offrande, un fromage, en général, ça porte bonheur ! » Lorsqu'ils étaient montés à la terre à blé, le père le lui avait expliqué. Alors…

Le balluchon est trop chargé et ça pèse sur son épaule, pourtant elle a l'habitude de porter des sacs remplis et de lourds paniers. Le trajet se révèle plus long et plus difficile que ce qu'elle avait espéré. La fatigue, le manque de sommeil, sans doute… Elle est à peine sortie du lit du Torbido et doit parcourir plus de douze kilomètres sur le sentier des Grecs, un chemin escarpé qui zigzague entre des pans de forêts si penchées que les arbres eux-mêmes ont l'air de dévaler dans le vide et des ravins sans fond. Luisa ne veut pas marquer une pause, pas encore. Elle profite de la fraîcheur matinale pour avancer, bien que la pente soit raide et l'oblige à reprendre son souffle souvent.

Elle s'imaginait capable d'arriver à la grotte de l'ermite pour se reposer, mais elle s'arrête, vaincue par une crampe au mollet. Elle s'assied le plus loin possible du bord du ravin. Par là, le *zio* Massimo a glissé… Elle se débarrasse de son balluchon, qu'elle laisse à terre après avoir vérifié qu'il n'y a pas un nid de fourmis à proximité. Elle a pensé à prendre l'outre en peau de chèvre qui était suspendue dans le grenier et qui ne servait plus. Elle boit une gorgée, l'eau a un goût âcre, mais la soif lui commande de réprimer sa grimace. Luisa aimerait bien s'allonger et fermer les paupières un moment, un petit moment, juste le temps d'oublier d'où elle vient et où elle va. Derrière elle, la forêt forme un amas compact, il n'y a que des troncs d'arbres, et certains sont si hauts et si feuillus qu'ils font barrage aux rayons de soleil. Devant, le ciel ouvert reste bleu, immensément bleu, pas même interrompu par le flanc de la montagne en face. Elle ne doit pas s'attarder ici. Elle se redresse et reprend la route. Les lacets se succèdent. Elle reconnaît la souche recouverte d'une pellicule de mousse. Elle s'est trouvée face à cet amalgame de hautes fougères d'où bruissait une multitude de légers bourdonnements et qu'il a fallu contourner. Luisa doit avancer avec prudence, d'un côté, les longs rameaux épineux des ajoncs, de l'autre, la ravine. Et sous ses chaussures, la rocaille instable. C'est un sentier muletier. Puisqu'il ne reste qu'un vieux mulet au village, aussi vieux que son patron, le chemin n'est plus entretenu. Il n'est utilisé que le premier vendredi de septembre, pour le pèlerinage à pied jusqu'au monastère que l'on vient de restaurer. Autrefois, certains pénitents s'infligeaient ce parcours sur les genoux, montée et descente. Il y a de moins en moins de pèlerins et plus aucun pour se mortifier. Les choses changent. Le bus emmène maintenant la population des dévots et des fidèles occasionnels aux portes du sanctuaire San Nicodemo, du nom de ce fameux saint qui, agonisant, se laissa dévorer par les fourmis « qui, elles aussi, devaient se nourrir », selon la légende.

Si Luisa suivait le sentier sans bifurquer devant la grotte de l'ermite, elle atteindrait le site religieux, sur le plateau de la Limina, là où la vue porte jusqu'à la mer Ionienne.

Elle a l'impression d'être moins fatiguée. Elle marche plus facilement, comme si le voisinage du lieu sacré la tranquillisait, à moins que ce ne soit parce qu'elle approche de la grotte. La proximité du but décuple les forces.

Personne ne sait ni quand, ni pourquoi, ni comment cette personne a choisi de vivre ici. Personne ne connaît son nom. On l'appelle l'ermite. Un homme sans âge qui accueille ceux qui passent, en proposant volontiers l'eau de la source qu'il puise dans sa grotte pour qui offre en retour un fromage. Il ne parle pas. Il sourit, remue les bras, et indique par un geste où se poser. Lorsque Luisa avait accompagné son père, elle s'était assise sur une de ces pierres plates placées à l'entrée de sa grotte. On dit qu'il les y a installées, on ignore comment et pourquoi. Elle y était restée un moment, mais n'osait pas dévisager davantage cet homme à la barbe tressée, aux cheveux longs broussailleux, vêtu d'une tunique ample grossièrement rapiécée. Une seule question à poser au père, plus tard, quand ils avaient repris leur chemin :

— Mais comment fait-il pour vivre ?

— La forêt donne le nécessaire, les champignons, les baies, les plantes sauvages, les lapins, les châtaignes, et il a l'eau à portée de main.

— Et l'hiver ?

— Avec tout le bois, il n'y a qu'à en couper. Et puis, ça ne nous regarde pas, comment il vit. À l'Abito, il y a aussi une source et ton oncle ne manquait de rien, il en avait même trop. Si on pouvait reprendre la terre, on aurait besoin de sel, pas plus ! Et puis, forcément, du retour de ton frère, parce que le travail demandera des bras !

Luisa avait vu sur son visage l'exaltation, comme une promesse de fortune, de bonne fortune.

— Vous ne serez pas de trop, ton frère et toi !

Luisa s'était tue. Enzo ne reviendra pas au pays. Deux jours avant son départ, il lui avait parlé.

— Ne dis rien au père, mais lorsque je serai installé, tu pourras venir. Là-bas, toutes les femmes ont un métier et elles gagnent leur vie. Tu pourras avoir un bel avenir, toi aussi. Fini le travail à la campagne, tu n'es pas assez costaude pour ça !

— Mais je n'ai pas appris un métier !

— Tu fais les ourlets, les cols de chemise, les mouchoirs… Bref ! Les Américaines ont abandonné ces travaux.

— Je devrai apporter la machine à coudre ?

— Pas du tout ! À Toronto, le tailleur, il en a trois et il croule sous les demandes. Tonio me l'a présenté, on en a parlé. Ne te tracasse pas. Je viendrai te chercher. Là-bas, tu trouveras un bon mari, pas un de ces rustres qui prennent les épouses pour des esclaves. À Toronto, aucune ne reste debout pendant que l'homme mange.

— On mange tous à table en même temps, nous !

— Papa ne refuse rien à maman, elle a de la chance, notre maison est la seule où la femme s'assied pour le repas.

— Et toi ? Tu te marieras là-bas ou ici ?

— Ah ! Je t'assure que pour fonder une famille je prendrai une Américaine. Certainement pas une fille du village ou des environs qui sait à peine lire ou écrire. On vit en 1960 et toute la région retarde de cent ans.

— Pourquoi partir si loin, Enzo ? Pourquoi pas dans le Nord, à Milan ou en France ?

— Parce que l'Amérique est loin, justement, loin de tout ce qui se passe ici. Parce que je veux gagner ma vie, je veux progresser, Luisa ! Le père aurait pu émigrer, il en avait l'occasion ! Il a préféré rester pour ne pas laisser la mère seule au pays. Il a fait le mauvais choix ! Il s'est toujours trompé, sur tout !

Luisa n'avait pas compris jusqu'à ce qu'elle se souvienne d'une conversation entre Enzo et le père.

— Qu'est-ce que tu imagines ? Que la grande Amérique c'est le paradis ? J'en connais qui sont retournés au village les poches aussi vides que lorsqu'ils sont partis. Et tu sais pourquoi les autres ne reviennent pas ? Eh bien, parce qu'ils n'ont même pas de quoi se payer le voyage. Si tu cherches une belle vie, il faut la mériter, et c'est partout pareil. Demande l'embauche à ton oncle et tu auras de quoi bien vivre.

— Si tu m'avais laissé continuer l'école, je n'aurais pas besoin de partir !

La rancœur venait de là, une rancœur tenace.

Sur le sentier muletier, Luisa progresse lentement. La montée est abrupte. Le balluchon la déséquilibre. Le soleil qui glisse entre les feuillages des hêtres envoie des taches de lumière mouvantes sur le sol, mais le vent ne diminue pas la chaleur. Luisa tend l'oreille, un son amorti par la distance : la cloche du village, le village si loin maintenant… midi. Elle a encore de la route.

Luisa tressaille à cause d'un bruit, très proche, celui-là. Un froissement de buissons, tout près. Quelque chose de lourd, un animal, un sanglier peut-être…

Sa crainte est de courte durée, elle aperçoit la grotte et s'y dirige rapidement.

Devant l'entrée, il y a toujours les pierres plates. Elle appelle : « L'ermite, l'ermite ! » Il doit s'être absenté. Elle s'avance et s'arrête net. Un grognement, derrière elle.

Sans doute un de ces chiens errants, ceux qui viennent rôder près des cabanons et qui réussissent à s'introduire dans les poulaillers. Ceux qui sont devenus sauvages, quelquefois menaçants, que l'on rencontre au détour d'un sentier et qu'il faut chasser à coups de bâton. Mais Luisa n'a plus son bâton, elle l'a posé sur une des pierres plates, devant la grotte. Elle ne se retourne pas. Elle craint qu'un mouvement trop brusque ne provoque une attaque. Le grognement se répète. Elle parle doucement, calmement. Il paraît que ça apaise les bêtes hargneuses.

« Je n'ai pas l'intention de te frapper. Laisse-moi voir l'ermite ! »

Elle sursaute quand une voix masculine lui répond : « Qu'est-ce que tu lui veux, à l'ermite ? »

Elle se retourne. À côté du chien aux babines retroussées se tient un garçon maigre, très grand, un fusil en bandoulière. Il est vêtu à la manière des charbonniers, sans veste, ni béret, ni chapeau, la taillole apparente sur ses pantalons de velours noir. Il porte une boucle d'oreille comme les bandits d'autrefois. Le chien ne bouge pas. Le garçon non plus, qui insiste : « Qu'est-ce que tu lui veux, à l'ermite ? » Le ton de la voix est sec, le regard dur. Il s'impatiente. Le chien semble attentif à la réponse, ses babines tremblotent.

— Je me rends à l'Abito, je connais la tradition et je dois lui donner un morceau de fromage. Où est l'ermite ?

— Là-bas, sous le châtaignier, à deux mètres sous terre. C'est moi qui l'y ai enterré !

Luisa n'a pas réussi à dissimuler sa surprise et ne parvient pas à cacher sa crainte. La réponse du garçon, le chien, la situation… Elle s'inquiète. Le garçon reprend :

— Je l'ai trouvé à la fin de cet hiver, aussi froid que la neige qui le recouvrait. J'ai appelé le curé pour la bénédiction, mais je l'attends encore… Donne-moi le fromage, je le mangerai à sa mémoire ! D'où viens-tu ?

— De Gerace !

Luisa ne connaît pas Gerace, elle en a entendu parler au marché et elle a lancé le nom de ce village sans réfléchir. Elle a menti, mais celui qui la questionne hoche la tête d'un air satisfait ; il poursuit l'interrogatoire.

— Pourquoi tu es habillée en garçon ?

La voix de Luisa l'a démasquée.

— Plus pratique !

— Qu'est-ce que tu comptes y faire, à l'Abito ?

Luisa n'a pas d'autre choix que de répondre.

— Je vais y habiter !

Le garçon a empoigné le fusil et le chien a grogné.

— Ta mère, ton père ! Où sont-ils ?

— Je n'ai plus de parents et je ne peux pas rester à Gerace.

Il y a un instant de silence, puis :

— L'Abito, c'est pas un endroit pour une fille, même si elle s'habille en garçon !

— Je n'ai nulle part ailleurs où aller. Il y a là-haut un cabanon qui m'appartient.

— Je le connais ton cabanon ! Il y avait le vieux Massimo. Il me procurait un peu de travail, de temps en temps. Un jour, il est descendu et il n'est plus remonté. Je me suis bien douté qu'il était mort ! Ce serait ton père ?

Elle reste impassible. Rien pour le confirmer ni le démentir. Il est déstabilisé.

— Je croyais que… Je ne savais pas qu'il avait une fille… à Gerace. Enfin… bref ! Fais comme tu veux.

Il a retrouvé son assurance

— Donne-moi le fromage et continue ta route ! Le vieux Massimo était un homme bon ! Je passerai te voir un de ces jours, si tu habites encore… au cabanon.

Le chien s'est assis sur son derrière. Il a suivi la conversation et comme la voix du maître s'est adoucie, il a détourné la tête et l'ignore.

— Ton chien ! J'ai eu peur de lui ! se risque-t-elle à dire.

— Ce n'est pas un chien. C'est un loup ! Regarde bien ! Ses yeux sont ambre, ses pattes sont longues et son museau pointu. Observe et souviens-toi ! Tu en verras à l'Abito dès les premières neiges. Celui-là s'appelle Libero et il l'est ! Il reste à mes côtés, mais il est libre de repartir avec sa meute s'il en a envie, ou libre de ne plus me reconnaître. Tu devrais peut-être retourner d'où tu viens. On a le droit de revenir à sa meute.

Luisa a fermé les yeux. Sa meute à elle ne l'accueillera pas, et puis soudain elle demande :

— Et la tienne, de meute ?

— Je n'en ai pas, moi ! Par contre, je guette le passage de celle qui monterait de Mammola et le premier coup de fusil, je le réserve à celui qui la guide. Ce fusil, il ne me quitte pas et je descends souvent jusqu'ici. Pas plus loin. Comme je l'ai promis à ma mère. Je m'appelle Silvio.

Le garçon a pris le morceau de fromage, il le hume et rit de bon cœur. Luisa lance :

— Mon nom à moi, c'est Luisa !

— Avant, on en fabriquait et des bons, on verra la qualité du tien ! Allez, Libero, on laisse la demoiselle !

Et ils s'éloignent, garçon et loup.

Luisa est abasourdie. Il a seulement cherché à l'effrayer. Il a réussi. Une mauvaise rencontre qui lui a coûté un fromage.

Un droit de passage ? Il lui reste du chemin avant d'atteindre le cabanon et elle se demande s'il ne vaut pas mieux qu'elle s'arrête là et qu'elle prenne la place de l'ermite. Qui pourrait la reconnaître d'ici l'hiver prochain ? Ensuite, elle s'assiérait sous un châtaignier ou sous un chêne. La neige la recouvrirait et le garçon au loup l'enterrerait. Qu'est-ce qu'elle s'imaginait ? Depuis trois ans qu'elle s'habille avec des vêtements masculins, trois ans qu'elle travaille comme le ferait un homme, ce n'est pas pour autant qu'elle en a l'audace, l'audace de ses aspirations. Elle n'a que quinze ans.

Elle s'assied sur une pierre plate. Elle n'a même pas la force d'entrer dans la grotte pour boire l'eau de la source. Elle s'allonge et ferme les yeux.

6

Combien de temps est-elle restée à dormir là ? Une heure ? Deux heures ? Elle a soif. Elle a faim. « Une bonne maladie », dirait la mère. « Et quand on l'attrape, il ne faut surtout pas chercher à en guérir. »

Et Luisa se remet debout, pénètre dans la grotte. Là aussi, il y a un pan de roche en forme de pavé, peut-être servait-il de lit ? Elle va jusqu'à la source. L'eau ruisselle le long de la paroi empierrée, alimente un petit bassin naturel qui déborde et disparaît dans une fissure. Luisa boit et s'asperge le visage. Une réaction habituelle, à la campagne, après la cueillette des tomates. L'eau glacée trompe la fatigue et la chaleur. Luisa décroche l'outre de sa taille, la vide, la remplit, la vide et la remplit à nouveau, puis elle retourne à la pierre plate, à l'extérieur, celle sur laquelle elle avait posé son balluchon. Elle retire de l'un des sacs en toile les morceaux de pain au maïs. Elle choisit le plus gros, un de ceux qu'elle a cuits deux jours auparavant, avec la mère. Ils étaient rangés à côté du four et c'est ce qu'elle a pris en premier. Parce qu'elle avait participé, ce n'était pas du vol. Luisa aime le pain au maïs. Elle en mangerait bien un autre morceau, mais elle doit économiser les provisions. Elle regarde autour d'elle, la luminosité a changé, les pépiements d'oiseaux s'affaiblissent. Elle a dormi longtemps sur la pierre plate. Plus haut, il y a un cabanon, abandonné depuis un an, mais avec un toit, une porte, une fenêtre… Aucun gros animal ne peut passer par le toit, ni sanglier, ni renard, ni loup. Alors elle remballe le balluchon et reprend le chemin.

Au village, comment réagissent ses parents ? Est-ce que le père s'est calmé ? A-t-il déjà programmé son remplacement par la mère pour la campagne ? Elle va se tuer à la tâche. Peut-être tous les deux se sont-ils décidés à partir à sa recherche. Dans ce cas, mettront-ils du temps à deviner où elle se cache ? La mère se souviendra-t-elle avoir suspendu la clef de l'Abito ? Elle finira bien par se rappeler. Le père la rassurera :

« Ton frère Massimo y a laissé tout ce qu'il faut pour vivre. Elle ne crèvera pas de faim, parce que les pommes de terre, ça pousse même quand on n'en veut plus. Et puis, elle sait fabriquer des collets et elle nous a vus dépecer des lapins. Elle se débrouillera. »

La mère pleurera beaucoup, souvent, alors il acceptera de monter à l'Abito. Ils parleront, Luisa et lui, puis ils redescendront ensemble, malgré les commérages et les sous-entendus. Le père est comme ça, aussi dur que ce que son frère Enzo en disait, mais pas autant qu'il le montre, selon la mère.

Luisa aimerait savoir ce qui s'est passé dans la rue après son départ. Les voisins qui criaient contre le diable et son fils sont-ils allés jusqu'à demander des comptes au Baron ? Auraient-ils pu transgresser l'ordre établi ? Ils l'ont déjà fait, pendant la guerre. Et bien avant, également, les hommes du village parlent encore de Garibaldi et de ceux qui l'ont suivi en Aspromonte. Sur ce même sentier où Luisa s'est engagée.

Il lui reste un champ de fougères géantes à franchir et elle sera sur la terre du *zio* Massimo. Elle se souvient parfaitement du trajet. La voilà parvenue au ravin de l'Eco. Ici, le chemin se dédouble. Elle ne doit pas se tromper. Le père avait prévenu : « Si on prend la mauvaise direction, le sentier des Mille-Pieds, on arrive sur l'autre versant de la Limina et on atterrit au village de Grotteria, mais il y a la forêt à traverser et on peut s'y perdre. »

Elle reconnaît l'arbre qui jalonne le bon itinéraire. Un grand pin solitaire. À partir de là, le parcours comporte un passage dangereux. Le lit d'un affluent de la rivière Neblà qui reste ruisselant au beau milieu de l'été. Ici, après de fortes pluies, les eaux dévalent sans retenue possible. Le soleil est incapable d'en assécher complètement le cours parce que quelques sources affleurent de temps en temps, même au plus fort de la journée. Luisa s'engage dans cette rigole naturelle, empierrée, étroite. Le seul accès à l'Abito qu'elle connaisse. Il faut prendre garde à ne pas glisser. Elle s'accroche aux racines du bord de la petite Neblà. L'humidité est omniprésente. Ses chaussures sont trempées. Les insectes sont rassemblés en nuées bruyantes. Elle grimpe et atteint l'étendue des hautes fougères et distingue, par-dessus, le toit du cabanon. Elle aurait bien envie de courir, mais elle craint une pierre cachée, une chute. Autrefois, ces drôles de plantes qui ressemblent à des bouquets de longues feuilles dentelées étaient coupées, récoltées pour diverses utilisations, du simple emballage de la ricotta au bourrage de matelas, en passant par le paillage des tomates. Certains anciens connaissaient aussi des recettes, des remèdes avec les pennes ou les racines, mais les secrets se sont perdus. Aucune des générations suivantes n'a cherché à perpétuer ces savoirs.

Les fougères prospèrent et masquent les chemins muletiers. Plus grand monde ne s'aventure jusque-là. Les champs sont laissés en friche. Les jeunes ont déserté les campagnes éloignées du village et le travail ingrat qui ne rapporte rien. Ils ont fui la misère. La plupart ont migré vers le nord du pays, et plus loin encore. Là où on s'offre la télévision, la machine à laver le linge, la voiture. Luisa a admiré les publicités pour ces objets modernes sur les revues qu'elles achetaient, Rita et elle, chacune à leur tour, quand elles grappillaient une petite centaine de lires. Elles en ont échafaudé, des rêves !

Ceux de Rita étaient les plus grands, elle se voyait au volant de la Fiat 500 et rouler vers un avenir radieux. Elle ne savait pas expliquer les caractéristiques d'un avenir radieux, mais ça ne la gênait pas. C'était comme si elle entrait dans une image, une de celles qui foisonnent sur les pages des magazines de mode et des romans-photos.

Luisa, elle, se donnait des limites. Obtenir l'autorisation d'aller au cinéma, à Siderno, pas tous les samedis, mais une fois, de temps en temps, à Noël. Se promener au bord de la mer, marcher sur le sable, peut-être se baigner, mais pas plus, pas jusqu'à apprendre à nager comme la plupart des garçons du village... Acheter une jolie robe à fleurs, sans manches, réservée à des occasions, baptêmes, communions, fêtes paroissiales. Elle, elle souhaitait juste un pas grand-chose pour que ça aille un peu mieux.

Heureusement qu'elle n'a jamais dépassé le raisonnable, parce que le voilà, son avenir, devant le gros rocher à l'entrée de la campagne du *zio* Massimo. Elle regarde autour d'elle, écoute. Il y a toujours un peu de vent ici. Les sommets de l'Aspromonte pointent plus loin, mais ils apportent ce souffle frais qui agite la pointe des fougères et les feuilles des hêtres. Elle entend quelques pépiements d'oiseaux, le bourdonnement d'une abeille égarée, mais aussi d'autres bruits, légers, impossibles à identifier. Luisa est arrivée dans un nouvel environnement à apprivoiser, mais elle reconnaît à cette lumière qui faiblit la fin de journée. Le moment où elle se changeait, à la campagne. Elle remplaçait les pantalons par sa jupe droite qu'elle remontait à la taille, pas trop, juste à la bonne longueur. Elle quittait la blouse de travail, celle à carreaux, et enfilait la chemisette blanche. À dix-huit heures trente, son père et elle marchaient le long de la route et se rapprochaient du village. Au fur et à mesure de leur avancée, les bruits s'amplifiaient. Bruit des chiens qui aboient à leur passage, bruit du moteur de la Lambretta du maçon qui redémarre sur le pont, bruit de voix de ceux que l'on rencontre et que l'on salue, cris des enfants qui jouent à se poursuivre de ruelle en ruelle, caquètements des poules qui rechignent à rentrer dans les caves.

Luisa a beau vouloir oublier les événements de la veille, parce que ça ne sert à rien d'y repenser, plus elle chasse les images, plus elles reviennent.

À cette heure-là, avec son père, ils ont traversé la place Garibaldi. Elle, elle marchait devant, sa corbeille remplie de courgettes sur la tête. Son père la suivait boitillant, le dos penché parce que lui transportait la charge la plus volumineuse, un sac plein de concombres, des tomates et les premiers haricots. Gian Carlo, le buraliste, se tenait debout dans l'embrasure de la porte de sa boutique. Le *Gobbo*, installé devant son établi sur le trottoir, avait suspendu son activité pour s'éponger le front. Le vieux Gianni était assis sur le banc, il parlait avec son voisin plus vieux qui semblait somnoler, les mains appuyées sur sa canne. Luisa et son père étaient parvenus au beau milieu de la place. Tous les suivaient des yeux parce que le handicap du père se remarque, et même si personne ne se propose de l'aider – ce serait inconvenant, humiliant –, leurs regards affichaient la compassion. Ils le soutenaient, ils l'accompagnaient. Luisa a l'habitude de ces regards-là, elle a appris à les interpréter.

Et puis le fils du Baron a traversé la place en sens inverse et, en les croisant, il a ralenti le pas et a salué Luisa d'un geste de la main et d'un sourire appuyé. Elle a retenu un rire parce qu'elle le revoyait, honteux, sous la Vespa.

Et là, tous les regards, y compris celui de son père, se sont posés sur elle, précisément rivés sur elle.

Luisa ne veut pas se souvenir.

Elle n'a plus envie de s'élancer dans les fougères. Elle est seule. Elle ne sait pas comment organiser la fin d'aujourd'hui et le début de demain.

Elle a froid.

Qu'est-ce qu'elle attend comme ça, debout, à côté du grand rocher ? Debout, avec son balluchon sur l'épaule, à frissonner. Elle espère quoi ? Qu'un miracle se produise ? Le père dit et répète qu'il n'y a que les bigots et les bigotes à y croire. « Et qu'ils continuent à bigoter parce que des miracles, il n'en vient toujours pas ! »

Elle finit par se décider à traverser le champ de fougères et arrive devant la porte du cabanon, une porte d'entrée fermière à deux vantaux. Celui du haut, indépendant, s'ouvre seulement de l'intérieur, pour laisser passer l'air et la lumière, évacuer la chaleur ou tout simplement servir de fenêtre et surveiller au-dehors. La serrure a été placée sur celui du bas, une petite porte aux épaisses lattes de bois, toute semblable à celle des maisons de village, qui est restée bien solide. Il n'y a eu aucun grincement quand Luisa l'a poussée. Un rai de lumière est entré, à peine suffisant pour qu'elle puisse se diriger dans l'unique pièce. Elle aperçoit, devant elle, le fenestron qui donne sur le flanc de la colline. Elle tire la targette du volet intérieur. La luminosité est convenable. Elle promène son regard : le lit, un simple matelas bourré de paille posé sur des planches, est appuyé contre le mur blanchi à la chaux, sous le fenestron. Il y a un tabouret en guise de table de chevet, sur lequel sont posés une lampe à huile et un réveil mécanique qu'elle a remonté par habitude, après avoir choisi une heure approximative : dix-neuf heures. Sur le mur d'en face sont alignés le four à pain, le fourneau en maçonnerie, une caisse remplie de vieux journaux, un balai de bruyère au manche court et un seau en acier. Un évier en pierre, surmonté d'un petit miroir fêlé, a été installé près de la porte. L'oncle Massimo avait réussi à amener l'eau de la source qui coulait derrière le cabanon et le robinet fonctionne encore. À droite, un large placard aux étagères fournies, un bocal de saindoux, cinq autres aux contenants divers, fèves, pois chiches secs, conserves de sauce tomate et même une jarre d'huile d'olive. La table qu'il avait construite de ses propres mains trône au centre de la pièce. Il y a trois chaises qui ont l'air robustes. Cet état des lieux, bien que déjà établi l'année passée, l'encourage, en quelque sorte, et elle en répète le procédé.

Elle reproduit les gestes à l'identique, ouvre le coffre qui servait de commode et dans lequel sont rangés deux paires de draps en coton blanc, une couverture épaisse en jonc tissé, deux paires de pantalons de laine, une paire en velours côtelé, réservé au dimanche, deux chemises de flanelle et une de coton blanc, une pile de mouchoirs et trois grandes serviettes en lin, deux gros morceaux de savon, une veste en toile neuve encore empaquetée dans du papier de soie. Lorsque le père avait découvert « ce trésor », il avait hoché la tête et bien vite refermé le coffre comme s'il avait craint de commettre un sacrilège. Luisa n'éprouve pas le même sentiment, au contraire. Elle piochera ce dont elle aura besoin. Elle poursuit l'inventaire, une fine couche de poussière recouvre le sol de terre battue et les meubles, mais il n'y a aucune trace d'humidité. À peine une odeur de renfermé à laquelle elle s'habitue.

Elle sourit ; un balai de bruyère, au long manche, est appuyé contre l'évier. « Dire que je suis passée devant sans le voir… Demain, après un bon lavage, je ferai brûler de la menthe ou de l'estragon, j'en ai repéré près du grand rocher. Demain, j'irai dans la petite baraque à outils, j'espère trouver une faux parce qu'il faut débroussailler… »

« Demain, demain… » La nuit est tombée d'un coup. Et de l'extérieur arrivent le bruit du vent et le chant des grillons. Luisa allume la lampe à huile, ferme le volet du fenestron et s'attable. « Tout fonctionne jusqu'à maintenant, une chance phénoménale. » Et elle se mettrait à croire aux miracles, d'autant qu'elle vient de remarquer, suspendue à la porte d'entrée, une icône de Padre Pio. « Comme si le *zio* Massimo continuait de vivre ici. À moins que ce ne soit son fantôme. »

Cette éventualité ne l'effraie pas. Elle est trop épuisée pour ça. Elle n'a pas déballé le balluchon. « Demain… »

7

Luisa ne se souvient pas si elle a dormi les coudes sur la table ou si elle a croisé les bras et posé sa poitrine, si elle a tenu sa tête entre ses mains. Peut-être l'a-t-elle laissée aller où elle voulait. La clarté de l'aube a réussi à s'immiscer dans la pièce et a réveillé les odeurs. Luisa ouvre le fenestron et se met au travail.

Sortir. Faire le tour du cabanon, entrer dans le local à outils qui n'est fermé que par un loquet. Y prendre la faux qui servira à couper les fougères. Mais tout d'abord, se rendre à la source. Le *zio* Massimo a installé le captage entre deux énormes pierres à flanc de colline. Il a eu beau cimenter autour du tuyau, un filet d'eau s'échappe, suinte et dégouline jusqu'au bassin que le *zio* Massimo avait lui-même construit. Et le débord descend le long d'une rigole qui contourne le cabanon pour rejoindre la rivière Lenta, après le grand rocher.

Cet écoulement, sans doute récent, révèle une dégradation. Avec les intempéries et les gelées prochaines, c'en sera fini de l'installation. Terminé, l'eau au robinet, à moins que Luisa essaie de réparer…

Il y a des choses plus urgentes. Repérer la fosse. Retourner à l'intérieur, se laver. Ranger ce qu'elle a apporté et s'atteler au grand nettoyage. Voilà des actions de l'habitude, des gestes quotidiens qui n'incitent pas à la réflexion. Et ce n'est pas la fatigue, mais la faim qui commande une pause.

Le cadran du réveil indique dix heures. Elle n'a pas déjeuné et n'a rien mangé la veille au soir. Le pain au maïs et le fromage ne lui ont jamais semblé aussi bons et ne font que lui rappeler qu'elle doit se mettre à la confection des pâtes qui apportent l'énergie. Elle a besoin de retrouver de la force. Les ustensiles de cuisine indispensables, récupérés, lavés, attendent sur la table. Bien sûr, les pâtes sans œufs sont moins nourrissantes, mais elle s'en contentera. Il faut économiser la farine pour avoir du pain régulièrement. Trois verres seulement, du sel, de l'eau, deux gouttes d'huile et la voilà à pétrir dans une jatte en terre cuite. Elle n'a pas oublié de prélever la quantité nécessaire de levain pour les prochains jours. Ce travail ne lui a pas pris longtemps. Elle laisse la boule de pâte reposer. Et pendant ce temps, elle sort. L'air frais la surprend. Elle s'y habituera. « Juste penser à enfiler une chemise en flanelle le matin, pour l'extérieur… » Elle déambule, en profite pour cueillir menthe et estragon. Elle s'attarde sous les arbres fruitiers, ces arbres que l'on néglige parce qu'ils se débrouillent bien sans soins.

Le prunier! Ses beaux fruits jaunes mûrs sont encore accrochés. « Si j'avais apporté plus de farine, j'aurais préparé une bonne tarte! » Elle pourrait se rendre à Grotteria, à moins de dix kilomètres, en acheter un kilo, mais il lui faudrait redescendre jusqu'à la grotte pour prendre le sentier des Mille-Pieds, risquer de se perdre en forêt et, de toute façon, elle n'a pas d'argent…

Les deux châtaigniers imposants gardent encore la floraison. Elle pourra écraser les châtaignes et se contenter « du pain des pauvres », mais en automne. Elle examine le poirier. Malheureusement, toutes ses branches sont dégarnies. Il y a le beau grand figuier qui prépare ses fruits violets à sécher. Une bonne cueillette bientôt, cette prévision l'encourage. Il y a du fenouil sauvage, de beaux buissons. La température a augmenté très vite.

Elle s'est dirigée vers la Lenta, entre les hêtres. Une foule d'insectes l'accompagne, des papillons blancs, jaunes, qui se poursuivent en virevoltant. Des libellules orangées au vol rapide. Des guêpes ou des abeilles, elle ne peut pas les différencier sans s'en approcher de trop près. L'eau transparente de la rivière glisse sur les galets et les herbes qui en tapissent le fond. Lorsqu'elle était de corvée lessive, Luisa n'avait pas le temps de se poser au bord de la rivière. Maintenant, elle s'est assise et délace ses godillots tout en observant les trous minuscules dans la terre boueuse au bord de la rive et aperçoit les crabes qui disparaissent à l'intérieur de leurs abris. Les fameux crabes d'eau douce qu'elle avait découverts l'année passée. Le père avait certifié qu'ils étaient comestibles, mais si petits qu'il valait mieux les cuire dans une soupe… Luisa se demande comment les attraper et si elle en aura le courage.

Du courage, elle en a bien eu au moment où elle a mis ses pieds dans l'eau glacée. Maintenant, elle sourit. Elle rirait bien volontiers, mais elle n'est pas encore suffisamment habituée à rire seule. Les rires, les fous rires, c'était du partagé, en famille, quand la *nonna* vivait, quand le *zio* Massimo parlait de se marier, quand son frère n'avait pas le rêve de partir, quand le père marchait sans boiter, quand la mère prenait le temps de la coiffer en lui chantonnant des refrains traditionnels. Luisa a même vu ses parents danser la *tarantella* pour la fête de San Nicodemo. La *nonna* Michelina disait que l'après-guerre avait amené la meilleure période de son existence, « on travaillait dur avec le goût de l'avenir ». Luisa aimait beaucoup sa compagnie. Elle pouvait rester des heures à la regarder, tandis qu'elle brodait des serviettes et des draps. Des heures à l'écouter parler de futur. « Et toi, Luisa, tu as de la chance. Tu apprendras grâce à l'école comment se fabrique un monde nouveau. Nous, les vieux, on doit oublier le mauvais temps, et vous, les jeunes, vous devrez vous en souvenir. »

Et puis, un jour, la *nonna* Michelina ne s'est pas réveillée d'une sieste, la seule qu'elle s'était autorisée. Et puis la fiancée du *zio* Massimo en a préféré un autre. Et puis le mulet de l'épicier s'est échappé, le père l'a rattrapé, mais la bête lui a piétiné la jambe jusqu'à la hanche. Et puis les rires et les fous rires ont cessé en famille. Oh, il y en a eu encore, à l'école, sur le marché, dans la rue, pendant les processions, avec Rita. Mais ceux-là, il fallait presque les dissimuler, être joyeuse en cachette. « Je comprends : Enzo a quitté la maison à cause de ça, à cause de la gaieté clandestine. »

Luisa sourit, elle s'amuse à éclabousser les touffes d'herbes accrochées au bord du cours d'eau. « Enzo est parti, moi aussi, j'ai fait comme lui. » L'eau glacée aurait-elle le pouvoir de vous transporter en enfance ? À moins que ce soit l'odeur du fenouil sauvage ? Elle est détendue au point de jouer de tout, avec rien. Elle prend des petites pierres, celles à portée de main, et bombarde les buissons de l'autre côté de la rivière. Elle rit lorsqu'elle réussit à plier une plante ou à atteindre une branchette de l'arbuste qui projette son ombre fine et mouvante jusqu'à elle.

C'est de nouveau la faim qui la rappelle à l'ordre. Pour manger, il faut retourner dans son nouveau logis. « Les pâtes ne vont pas se préparer et cuire sans moi. » Elle essuie sommairement ses pieds avec la manche de sa chemise et relace ses godillots. « Je viendrai ici tous les jours me tremper dans l'eau. »

Lorsqu'elle arrive au cabanon, elle est surprise. La porte d'entrée est grande ouverte. Elle se rappelle ne pas avoir fermé à clef derrière elle, mais elle se souvient parfaitement l'avoir poussée. Le vent n'a pas pu remuer une porte aussi lourde et il n'y a pas de vent ! Qu'est-ce qui a ouvert la porte ? Une vache ? Un mulet en vadrouille ? Et l'animal est-il entré ? Est-il encore à l'intérieur ? Comment obliger ce genre de bêtes à sortir ? Elle a l'habitude des poules, des chèvres, et ça n'a rien à voir… Luisa cherche une grosse branche, en repère une et l'empoigne. Voilà, maintenant, elle est armée ! Elle s'approche avec précaution, tend l'oreille. Aucun bruit. L'intrus a dû partir. « J'espère qu'il n'y aura pas trop de dégâts. » Elle colle son dos contre la façade et progresse vers l'entrée. Elle se risque à pointer son visage à l'intérieur.

Le garçon au loup ! Attablé et parfaitement à l'aise. Il est seul ! Son fusil est accroché au dossier de la chaise. Il l'accueille d'un éclat de rire.

— Entre, je t'ai entendue. N'aie pas peur !

— Mais… Sûr que j'ai eu peur ! Qu'est-ce que tu fais ici ?

— Je t'ai appelée ! J'ai crié « Luisa, Luisa » ! C'est bien ton nom ? Je me suis dit que tu avais dû repartir, trouver ta meute, et puis la porte n'était pas fermée à clef, j'ai fait le tour du cabanon et finalement je suis entré. J'ai vu la pâte dans le saladier. Alors je t'ai attendue. Qu'est-ce que tu cuisines ?

— Où est ton loup ?

— Il a préféré une autre balade.

— Qu'est-ce que tu veux ?

— Eh bien, déjà, que tu poses ce bâton.

Luisa hésite, il s'est redressé.

— Pourquoi tu es là ?

— Bon ! Du calme ! Je suis venu te payer ton fromage ! Ma mère l'a exigé. Voilà des œufs pour toi, de la farine et un peu de café. Elle m'a assuré que le troc était équitable, alors…

Il désigne un panier posé au pied de la table et récupère son fusil.

— Je te laisse tranquille, je pars. Si tu as encore du fromage à vendre, on te donnera une poule. Mais il faudra la garder ici et fermer ta porte à clef quand tu sors.

Luisa bafouille.

— Excuse-moi, je… la poule… ton loup… ta mère.

— Ouais, elle s'excuse aussi. Elle aurait dû m'accompagner, mais elle est malade, elle ne peut pas.

— Elle est malade ? Je peux aider si…

— Non, non. Pas la peine. Un tour de rein, ça lui arrive parfois. Dans deux jours elle sera rétablie. Qu'est-ce que tu prépares à manger ?

— Des pâtes, sans œufs !

— J'aurais dû venir plus tôt, désolé !

— Je devrais t'offrir quelque chose à boire…

— T'as du vin ? Non ? Rien, alors. Où tu traînais ?

— À la rivière.

— Tu comptais pêcher des crabes ? Attention, n'y va pas quand il fait trop chaud, c'est l'heure des vipères. Ah ! En parlant d'heure, ton réveil avance beaucoup.

Il a sorti une montre gousset de la poche de sa veste.

— De deux heures quatre minutes exactement. Bon, je m'en retourne.

Il est sur le pas de la porte. Luisa le rejoint.

— Attends ! Tu m'as demandé du fromage !

— Une autre fois. Ah ! J'allais oublier ! Je dois t'offrir un cadeau. Un cadeau de bienvenue.

Il lui tend une cordelette à laquelle est accroché un sifflet.

— Je te donne un sifflet magique. Tu souffles dedans. Seul le loup entend le son qui en sort. Si tu as besoin d'aide, sers-t'en et je saurai par lui que tu m'appelles.

Elle le suit du regard jusqu'à ce qu'il disparaisse dans la forêt de hêtres et retourne à l'intérieur sans oublier de fermer la porte à clef derrière elle. Et puis, de la cordelette et du sifflet, elle ajuste un collier.

8

C'est la fin de l'été. Tous ceux qui travaillent la terre savent reconnaître les changements de saison. À l'Abito, où Luisa s'est établie, ils sont très marqués. Le vent, de plus en plus frais, apporte les odeurs d'humus de la forêt voisine jusqu'au cabanon. Les fougères ont perdu leur vert éclatant. Les bogues des châtaigniers s'entrouvrent. Les pluies sont fines, mais fréquentes. La rivière Lenta se renforce. La nuit tombe vite. Luisa a du mal à s'endormir. Elle appréhende les journées prochaines, le froid qui arrive. Elle croyait pouvoir apprivoiser la solitude. Elle a passé ces sept semaines comme s'il ne s'agissait que d'une parenthèse. « Ils viendront me chercher quand ils comprendront que je n'ai rien fait d'indigne. Le père sera fier de voir que je me suis débrouillée, comme un garçon, ce qu'il souhaitait, et je le convaincrai de me prendre en considération. La mère sera soulagée de me retrouver saine et sauve. Je vais rentrer à la maison et Rita me demandera pardon pour avoir douté de moi. »

Elle a attendu. « Comment peuvent-ils savoir que je ne suis fautive de rien ? Le père a-t-il interrogé le fils du Baron ? À moins que le curé soit intervenu… » Elle patientera encore.

Les jours passant, ses certitudes se sont émoussées et les questions sont venues.

Comment et pourquoi un échange de sourires peut-il déclencher de telles réactions ?

Luisa se souvient d'une histoire racontée par la *nonna*, l'histoire du bâillement.

« Une jeune femme fort jolie et son vacher de mari fort jaloux sont tous deux à une tablée réunissant les villageois pour fêter le retour de transhumance. L'époux, après tant de jours d'absence, surveillait les convives masculins autant qu'il surveillait son épouse. Et voilà qu'au beau milieu du banquet, un des jeunes hommes présents se met à bâiller, la femme du jaloux, qui était placée à côté de lui à ce moment-là, bâille aussi, de grands bâillements. Et ça devient si amusant qu'ils en rient. Le vacher, lui, ne rit pas, il est alors persuadé que ces deux-là manquent de sommeil à cause des nuits passées ensemble, pendant que lui, le pauvre bougre, était là-haut, dans les estives. Et en face de lui, au bout de la table, un autre gaillard s'esclaffe à son tour. C'en est trop pour le vacher. Fou de rage et de jalousie, il demande à sa femme de l'accompagner le lendemain matin de très bonne heure. Celle-ci obéit donc – on obéit toujours à son époux – et les voilà partis sur les sentiers de montagne. Lui, son fusil sous le bras, et elle de le questionner sur les raisons et de l'arme et de ce chemin-là. Il ne répond pas – l'homme répond rarement à sa femme –, il compte la tuer lorsqu'ils arriveront au col. Le mari trompé doit supprimer et l'affront et l'épouse infidèle. Et tous les deux de grimper. Finalement, épuisée, elle demande : mais pourquoi tu me traînes de grotte en grotte comme le bâillement ? L'homme interloqué s'arrête et exige des explications qu'elle s'empresse de donner : eh bien, quand quelqu'un se met à bâiller, le voisin bâille aussi, et ainsi de suite, tout le monde bâille à la file. On dit qu'un bon bâilleur en fait bâiller dix.

Et c'est ainsi que la jeune femme eut la vie sauve ! C'est vraiment arrivé ! Luisa, les femmes ont intérêt à marcher droit. »

Luisa n'avait pas tout compris. À ce moment-là, elle devait avoir une dizaine d'années, mais elle avait retenu la sentence. Si toutes les histoires racontées par le *nonno* traitaient de l'Histoire, celles de la *nonna* servaient à délivrer une leçon de morale, un code de conduite, suivant la mécanique d'assimilation habituelle.

Et en 1963, dans l'Italie du Sud, les bâillements et les sourires n'ont toujours pas à être partagés.

Lorsque Luisa sera de retour au village, lorsqu'elle rendra compte du temps passé sur la terre à blé, elle devra cacher les visites de Silvio, le garçon au loup. Ils en ont échangé des sourires, et même des rires…

La mère de Silvio, elle, ne sourit guère, elle ne parle pas beaucoup non plus. Mère et fils vivent sur l'autre versant de la montagne, dans une ancienne bergerie. Luisa n'y est pas encore invitée. La mère de Silvio est venue à l'Abito, « par courtoisie, parce que nous sommes voisins ».

La première fois, Silvio et le loup l'accompagnaient. Au moment d'échanger leurs noms, elle a dit : « Appelle-moi Nina », et elle s'est tue. Ce jour-là, leur conversation a été de courte durée. Luisa a donné deux belles parts de fromage. Elle aurait aimé lui offrir un café, discuter. Nina a décliné l'invitation : « L'orage ne va pas tarder et j'ai les draps dehors. » Elle avait apporté une poule naine « à rentrer le soir », un bon kilo de farine et un sac de grains de maïs à partager.

Luisa n'avait jamais cohabité avec une poule, naine ou pas. Dans les rues du village, si elles vont et viennent devant les portes et grattent, picorent entre les pavés du matin au soir, la nuit, on les tenait enfermées à la cave. Il lui a fallu apprendre. Pendant la journée, l'animal restait à l'extérieur dans un périmètre qui lui était alloué, ce n'était pas nécessaire de réparer le poulailler. De simples branchages empilés en guise d'enclos lui interdisaient d'en sortir. Les poules naines ne volettent pas assez haut pour s'évader. Le soir, Luisa la rentrait au cabanon. Elle lui avait aménagé un nichoir tapissé de paille avec deux petites caisses de bois, l'une sur l'autre, en décalé. Tout était à taille réduite, une vieille tasse remplie d'eau suffisait, et une assiette ébréchée avec quelques grains et des restes de pain ou de fruits. Chaque matin, Luisa la sortait et, en nettoyant son espace, elle trouvait un œuf. Elle s'est mise à lui parler. Il lui arrivait même de la prendre dans ses bras. La petite poule, qu'elle appelait Cocotte, était devenue une compagnie, une petite présence, une si grande compagnie. La nuit, Cocotte et Luisa dormaient bien.

Nina est revenue quelques jours après, par surprise, comme à sa première visite. Cette fois, elle était venue seule. « Silvio et son loup sont allés inspecter des passages de sangliers, du côté de la cascade. »

Elle est restée plus longtemps. En échange d'un plat de beignets aux anchois, Luisa n'avait rien d'autre à offrir que le café. Nina est entrée, elle s'est assise, elle a complimenté Luisa pour l'installation de la petite poule. Elle a accepté de la suivre au jardin, derrière le cabanon. Là où, en désherbant, Luisa avait trouvé des pommes de terre.

— Vous vous rendez compte, après la razzia des sangliers ! Ils en ont oublié ! Il y a aussi des blettes et elles sont bonnes. Maintenant, s'il reste quelques épis de blé… pour les grains, pour la cocotte… je chercherai…

— On voit que tu sais travailler la terre. Si tu veux, Silvio te portera des plants de brocolis, mais n'attends pas une récolte cette année…

— Et moi, qu'est-ce que je peux donner en échange ?

— Silvio m'a dit que tu n'avais pas d'argent. Tu devrais ramasser de l'origan, le mettre en bouquets. Du fenouil sauvage séché, émietté, en remplir des sachets. Moi, avec mes reins, je n'y arrive plus. Tu pourrais les proposer au marché de Grotteria, profiter de notre étal. Nous y allons deux fois par mois.

— C'est une très bonne idée, mais est-ce que je pourrai vous confier ma cueillette ? Je ne tiens pas trop à me montrer sur les marchés.

Nina n'a pas paru surprise.

— Entendu ! Tu verras, les ventes ne sont pas mirobolantes, mais tu gagneras quelques lires… Avant, chaque famille assurait son propre ravitaillement en origan. Ça pousse partout, c'est gratuit, comme les champignons, il n'y a qu'à se baisser. Je crois que les gens de la ville prennent des habitudes de riches. Ils préfèrent la mer à la montagne. Il n'y a qu'au 15 août qu'on voit beaucoup de monde, à la San Bartolomeo. Bref, les citadins du bord de mer montent jusqu'à Grotteria pour se procurer de l'origan. Il n'y a pas de concurrence avec Mammola qui se concentre sur le *baccalà* et le *stoccafisso*.

Et au cours de cette après-midi-là, elles ont parlé de cuisine, de couture. Luisa s'y connaît en broderie et raccommodage. Nina, elle, façonne ses propres vêtements avec une machine à coudre. Luisa avait remarqué que ses robes étaient impeccablement ajustées. Elle en portait une, ce jour-là, différente de celle qu'elle avait lors de sa première visite, et toutes les deux étaient magnifiques. Luisa admire Nina, tout lui va bien. Elle est grande, ses cheveux noir corbeau, bien coupés court ne sont pas cachés par le foulard que l'on noue à la nuque. Elle a les yeux très clairs. Nina est belle, elle est jeune. Luisa le lui a dit.

— Tout est beau chez toi, on dirait que tu sors d'un magazine de mode.

Nina n'a pas souri, même si son regard était lumineux.

— Quand on avait les moutons, j'étais toujours habillée comme toi, par nécessité. Après, je me suis mise à la robe, mais seulement quand je fais le marché à Grotteria, et aujourd'hui pour aller chez toi. Lorsque je reste à la bergerie, j'enfile le pantalon… Ça te plairait d'essayer une de mes robes ?

— Une sans manches, alors, si tu en as. J'en rêve depuis longtemps. Je la paierai, bien sûr.

— Une part de fromage, dans ce cas.

Et au moment de se quitter, Nina a lancé :

— J'ai passé une très bonne après-midi. Merci de ton accueil.

— Ça m'a fait beaucoup de bien de parler avec toi.

Luisa s'est interrompue. Elle a failli avouer que les conversations avec Rita lui manquaient. Que les bavardages au Torbido, le jour de la lessive, lui manquaient, que… mais il valait mieux ne rien dire.

Nina n'a pas questionné Luisa, elle n'est pas comme le garçon au loup qui veut savoir. « Tu n'as pas d'autres parents ? Où vit le reste de ta famille ? Pourquoi tu t'es retrouvée là ? » Luisa arrive toujours à éviter les réponses. Tout comme elle se retient de l'interroger.

Cela ne les empêche pas de dialoguer. Il vient un jour sur trois, avec son loup. « Libero doit s'habituer à toi, et toi à lui. » La rivière Lenta est devenue leur lieu favori. Silvio a montré à Luisa comment attraper les crabes d'eau douce. Ils en ont pris quelques-uns et les ont relâchés. Un jeu bien amusant. Silvio affirme qu'il sait aussi pêcher les poissons à mains nues… Cependant, Luisa ne l'a vu réussir qu'une seule fois. Une truite qu'ils ont mangée ensemble, au bord de la rivière. Silvio avait fabriqué la broche avec une branche de hêtre qu'il avait taillée. Elle, elle avait préparé le foyer. Ils ont joué aux « préhistoriques ». Et le loup les observait, tranquillement installé comme un chien, allongé sur la poitrine, les coudes appuyés sur le sol, la tête relevée. Il plissait les yeux comme si l'attitude puérile des deux humains le consternait. Il a adopté Luisa. Elle s'est entraînée à siffler et, chaque fois, Libero le loup a répondu à l'appel. Elle n'a jamais, en revanche, osé marcher à ses côtés. La Lenta était devenue le point de rendez-vous du trio.

Bien sûr, Silvio a essayé de l'embrasser. Bien sûr, elle l'a repoussé. Il n'a pas insisté, il s'est excusé, il a dit avoir compris. Luisa n'a pas compris, elle. Pourquoi avoir refusé ce baiser ? Qu'est-ce qu'elle redoute ? Qu'il y ait des fiançailles indécentes ? Une nuit de noces sans mariage ? Pas raisonnable ? Pas convenable ? Mais qu'est-ce qui est raisonnable et convenable ici, dans l'Aspromonte, loin de tout et de tous ?

Silvio a espacé ses visites. « C'est la période de chasse. Je dois guetter, et me préparer à voir surgir la meute », lui a-t-il dit et il a ajouté : « Avant de sortir, vérifie qu'il n'y ait pas d'hommes en armes aux alentours et n'ouvre pas si tu entends des coups de fusil ou si on toque à ta porte. »

Et la solitude a gagné Luisa.

La poule naine a disparu depuis deux jours. Elle a sûrement servi de repas à un renard, peut-être à un loup, peut-être même à Libero, quand Luisa était occupée à ramasser l'origan…

Luisa s'endort difficilement. Il lui a fallu perdre l'habitude de regarder la petite Cocotte s'installer dans son nichoir, lorsqu'elle allumait la lampe et qu'elle lisait un des journaux, pris au hasard sur la pile. Il y en avait une bonne vingtaine, certains dataient de 1957. Luisa se souvenait d'un des événements de cette année-là : le naufrage de l'*Andrea Doria*. Parce qu'il alimentait les discussions familiales au jour anniversaire. Le père, qui se doutait des envies de départ d'Enzo, en profitait pour l'effrayer. Et ce sujet était revenu régulièrement jusqu'à ce repas du 25 juillet 1959.

— Voilà l'anniversaire du naufrage. Quarante-six personnes qui rêvaient de l'Amérique et qui ne rêveront plus jamais. Cinquante et une familles amputées.

Enzo essayait bien de protester.

— Plus de mille sept cents rescapés. Et puis, on parle d'un bateau parti de Gênes pour une croisière… Alors…

— Alors, tu crois que dans un bateau de croisière, il n'y a pas des ouvriers, des pauvres travailleurs qui assurent le bien-être des autres ? Et ceux du *Stockholm* ? Tous avaient le droit de survivre, non ?

— Survivre, survivre... Vivre, déjà, est une sacrée aventure et, quoi que l'on tente, la mort est toujours au bout.

— Ah, non ! Enzo, je te souhaite de n'avoir jamais à éprouver la différence entre vivre et survivre !

La mère s'était mêlée à la discussion et essayait de dissiper la tension.

— Si ça continue comme ça, avec ces départs qui s'enchaînent, on sera tous à devoir survivre sans avoir besoin de « voyager ». Ton père a raison, si tout le monde quitte la région, qui s'occupera de ceux qui sont obligés de rester ? C'est le devoir des jeunes de combattre la misère, de relever le pays.

— Alors, on doit leur permettre d'étudier, d'apprendre à se sortir du Moyen Âge. Au Nord, ils ont la télévision, la voiture, du travail.

Et Enzo avait regardé Luisa comme s'il en attendait du soutien. Elle s'était tenue à l'écart. Elle n'intervenait pas dans les discussions entre eux trois. Une leçon vite retenue.

Le père avait pris sa grosse voix.

— Eh ben, va là-haut, en Belgique ! Achète la voiture de tes rêves et la télévision ! T'auras pas un océan à traverser quand tu reviendras au pays, les poches vides...

La mère, elle, avait affiché son inquiétude.

— Non, pas en Belgique ! Cent trente immigrés sont morts dans l'explosion de la mine. Le pauvre Duglio en faisait partie !

— Des morts, des catastrophes, il y en a partout, même ici, entre les tremblements de terre et…

Enzo s'était tu, le père avait changé de figure. La mère était restée muette. Le repas s'était terminé dans le silence. Chacun avec des images de tragédies en tête. Luisa se représentait bien la peur, les cris du père, enfant, errant au milieu des décombres.

Plus personne n'a reparlé de l'*Andrea Doria*. Ni dans les gazettes ni en famille. Les journalistes avaient d'autres événements à inscrire dans la mémoire des populations et le père a dû se rendre compte qu'il ne pouvait pas briser la détermination du fils. La mère a préféré aplanir leurs relations. L'année suivante, Enzo était parti. Luisa n'a pas essayé de le retenir. Elle aurait échoué. De toute façon, il appartient à l'aîné de choisir son avenir. La fille a le devoir de veiller sur les siens. Elle a été élevée comme une fille et elle a appris à travailler comme un garçon. Elle, elle est encore une fille qui a peur de se rendre sur les marchés, croiser quelqu'un qui puisse la reconnaître, une fille qui craint d'embrasser un garçon.

Une fille qui redoute la mauvaise saison qui s'annonce, calfeutrée dans le cabanon, sans avoir personne à qui dire ses appréhensions. Les garçons aussi doivent en avoir, même si elles restent silencieuses. On leur apprend à ne pas pleurer, à taire leurs peurs… Comment font-ils ? Silvio a l'air si courageux. Sa présence est rassurante. Depuis quelques matins, Luisa se lève avec l'idée d'appeler Libero, histoire de faire venir Silvio ; le sifflet ne la quitte jamais. Elle n'ose pas, encore la crainte, cette espèce d'appréhension à s'engager dans une action répréhensible. Et puis, elle hausse les épaules, une façon de passer à autre chose, et elle se met à l'ouvrage. Les besognes quotidiennes terminées, elle sort du cabanon et déambule dans la campagne…

Elle écoute le bruit de la Lenta, celui du vent. Il n'y a que le tonnerre et la pluie pour la ramener à son abri. À force d'isolement, peut-on devenir sauvage ? Une bête sauvage ? La voilà qui commence à oublier qu'elle a des parents, la voilà qui commence à leur en vouloir quand elle se les rappelle. Et les souvenirs récalcitrants ne se laissent pas expulser de la mémoire, même en y mettant toute sa volonté. Ils battent en retraite, on les croit défaits, mais il suffit d'un mot, d'une image et ils se réaniment.

9

Ce matin, ce ne sont pas des grondements de tonnerre qui ont éclaté pendant sa sortie quotidienne, mais des coups de fusil. Dans la forêt de hêtres, en haut, et ça n'arrêtait pas, comme si tous les arbres explosaient, par rafales. Elle s'est précipitée au cabanon. Elle a vérifié que les braises de la veille dans le fourneau étaient bien éteintes. La fumée pourrait signaler une présence. Elle a laissé le vantail du haut et le volet intérieur de la fenêtre entrouverts. Elle passe de l'un à l'autre, guette, surveille. Les chasseurs pourraient-ils la déloger de sa tanière ? Les détonations se succèdent, se répondent. Ce n'est pas une battue, ce n'est pas une chasse, c'est une bataille ! Qui contre qui ? Le garçon au loup contre la meute qu'il attendait ?

Et puis la fusillade cesse brusquement. La mort a fait son choix.

Luisa se rue à l'extérieur. Elle souffle dans le sifflet, court, souffle, accélère. Le sifflet a perdu sa magie. Ou alors, le loup ne peut plus entendre. Elle ne sait pas si elle se précipite sous les hêtres à la recherche de survivants ou de cadavres. Elle n'est jamais allée sur ce versant de la montagne, elle ne connaît pas les sentiers qui se faufilent dans la forêt. Elle glisse sur le sol détrempé, elle se rattrape comme elle peut, elle grimpe. Elle s'immobilise, reprend sa respiration et repart. Il y a une odeur de poudre tenace.

Elle entend un bruit de branchages écrasés… Nina ! Elle aussi a été alertée par les coups de feu. Elle aussi est essoufflée. Elles se sont arrêtées. Elles tournent leur tête à droite, à gauche. Le silence dure le temps d'une longue inspiration. Et puis Nina hurle « Silvio, Silvio ! » Luisa crie avec elle. Et toutes deux s'enfoncent dans les taillis. Jusqu'à ce que Nina s'effondre. Elle s'est agenouillée. Elle ne peut plus se relever. Elle ne veut plus se relever. Elle pleure sans bruit, comme pour se laisser couler dans le silence qui a repris la forêt. Luisa s'accroupit auprès d'elle. Toutes les deux ont cessé les recherches. C'est le moment d'après la crainte, d'après l'espoir, juste avant la détresse. Nina se tourne vers Luisa et la dévisage comme si elle venait de la voir, seulement maintenant. Elle parle le souffle court.

— Hier, au marché, tous les gens discutaient de la mort du Baron… Jeudi dernier… Abattu devant sa porte, à Mammola… Ils racontaient que les carabiniers patrouillaient dans l'Aspromonte. J'ai eu peur pour Silvio ! Tu comprends, il s'est engagé à le tuer ! Il m'avait pourtant promis de ne pas descendre au village. J'ai fait demi-tour et j'ai marché le plus vite possible. Il fallait le prévenir, lui dire de se cacher… Mais il n'était pas à la bergerie. J'ai passé la journée et la nuit à l'attendre… S'ils ne l'ont pas abattu, ils l'ont blessé… Arrêté !

— Le chef de meute que Silvio guettait, c'était le Baron ? Il a tué le Baron ? Mais Silvio est un assassin, alors ?

Nina s'insurge. Elle s'est redressée. Elle paraît encore plus grande.

— Luisa, je t'interdis de croire ça. Ce n'est pas juste !

Elle est en colère. Elle ne pleure pas. Elle ferme ses poings et se met à hurler. Un hurlement qui fait frissonner Luisa.

Et en réponse à ce hurlement, une voix bien vite reconnue : « Je suis vivant, *Mamma* ! » Silvio vient de sortir d'un fourré, tenu en joue par un carabinier. Deux autres soutiennent un homme à demi inconscient, le bras ensanglanté. Ceux-là ne se sont pas arrêtés, ils n'ont même pas jeté un regard sur les deux femmes.

Luisa est figée, hébétée.

Le jeune officier qui garde son arme pointée sur Silvio n'a pas empêché Nina de l'étreindre quelques instants, quelques instants seulement.

— *Signora*, reculez, maintenant. Je dois emmener votre fils à Mammola où il sera interrogé. J'ai besoin de vos papiers d'identité. Les vôtres, ceux de votre fils et ceux de la demoiselle.

Nina exige des explications supplémentaires. Silvio essaie de la calmer.

— *Mamma*, ce n'est pas moi qui ai tué le Baron ! Libero s'est enfui, je…

L'officier s'impatiente.

— Basta ! Maintenant, les documents !

Nina répond brutalement :

— Chez moi, à la bergerie !

Luisa est restée immobile, elle bafouille.

— Je… je n'ai pas de papiers.

L'officier hésite.

— Bon, vos noms. Donnez vos noms, je vérifierai.

Silvio tente vainement de s'approcher de Luisa.

— Reculez ! Que personne ne bouge ! a crié l'officier.

Personne ne bouge. L'officier est embarrassé, il doit relever les identités sur un carnet qui est dans la poche de son pantalon, alors que le fusil reste braqué sur le prévenu. Finalement, Silvio est requis pour la prise de notes et il coopère sans broncher.

Luisa a donné son nom : Luisa Cosentino. Elle croise le regard de Silvio. Un regard brouillé de larmes.

Nina décline le sien : Natalina Sorgentino.

Luisa ferme les yeux. Le prénom résonne dans sa tête : « Natalina ! Natalina, la pauvre Natalina, qui a quitté le village, en plein hiver, toute grosse qu'elle était. Natalina Sorgentino, Natalina. »

Luisa a l'impression que Nina, Silvio, l'officier et les arbres se mettent à danser autour d'elle. Elle essaie de suivre leurs mouvements et elle-même chavire. Elle entend Silvio qui l'appelle, tout comme Nina. Elle ne voit plus leurs visages et leurs voix semblent lointaines. Celle de l'officier a claqué. Les arbres ont repris leur stabilité, tout est bien distinct maintenant.

— *Signora*, occupez-vous de la demoiselle !

— Viens, Luisa, je t'emmène à la bergerie.

— Prends bien soin d'elle, *Mamma* ! Je vais revenir. Attendez-moi !

Luisa s'est excusée pendant le trajet. « L'émotion. » Nina l'a rassurée, mais elles n'ont pas parlé davantage. Luisa suit Nina qui a pris un sentier, sous les hêtres, qu'elle ne connaît pas et qui conduit sur un petit pont de pierre enjambant un torrent, le Salino, au pied de la cascade. Luisa n'est jamais venue par ici. La marche a été facile.

— Ça y est, nous sommes arrivées !

La bergerie a été construite sur un replat qui surplombe la vallée Turbido, au bas d'une forêt de pins trapus, très hauts. Entourée d'un muret déglingué, une grande bâtisse au toit à une seule pente se dresse au centre d'une belle prairie. Luisa aperçoit deux portes basses entre le sol et la toiture. Les moutons devaient dormir là. L'odeur des bêtes a persisté, elle traîne partout. Elle entend des gloussements de poules. Nina contourne le bâtiment et Luisa la suit. La façade principale en pierres sèches s'élève sur deux niveaux. Un escalier extérieur, à moitié démoli, rejoint une large porte en bois délabrée, au second étage. Nina s'arrête un moment devant le poulailler adossé au mur. Il y a au moins une dizaine de poules naines et quatre grandes. Ça court, ça volette et ça a l'air de la contenter. C'est la première fois que Luisa regarde une ferme de montagne en vrai et la première fois qu'elle voit autant de poules naines. Elle ne peut pas s'empêcher de demander :

— Pourquoi des poules naines ?

— Elles sont plus faciles à attraper, elles prennent moins de place et leurs œufs se vendent bien mieux que les gros.

L'originalité ! Il n'y a que nous qui en faisons. J'aimerais en tenir davantage, mais… Tu dois avoir faim ! Je nous prépare une frittata au lard vite fait.

On la dirait plus préoccupée par l'état de Luisa que par la situation de Silvio.

L'intérieur de la bergerie est propre, bien aménagé. Le sol est carrelé, les murs sont blanchis de frais. La cuisine au rez-de-chaussée est spacieuse, une longue table, six chaises et un vrai fauteuil devant une grande cheminée. Luisa est invitée à s'y asseoir. Le temps pour Nina de s'installer devant un large fourneau en fonte et de réalimenter le foyer. Les senteurs de lard, d'oignons revenus à la poêle engagent Luisa à se rapprocher de Nina ; elle ne pense plus aux coups de feu, elle ne pense plus au regard de Silvio. La faim a le pouvoir de dissiper les émotions… provisoirement…

Nina a mis une nappe sur la table, elle désigne une porte près de la cheminée.

— Si tu as besoin de te rafraîchir, le *bagno* est juste là.

Luisa ne se fait pas prier. De l'eau sur le front, sur les yeux va laver les mauvaises images. Elle découvre de vraies toilettes, un petit lavabo surmonté d'un beau miroir au cadre doré, un morceau de savon, une serviette éponge. Elle revient à la cuisine.

— Il y a tout le confort ! Bien plus que dans une maison de village. Comment est-ce possible ?

— On a travaillé dur. On était cinq à vivre ici, il y avait de la main-d'œuvre. On a repassé les murs au mois de mai.

Elles sont attablées et mangent l'omelette épaisse, sans un mot. De temps en temps, Luisa croise le regard de Nina posé sur elle, une sorte de surveillance bienveillante. Luisa aussi observe Nina, entre admiration et perplexité. La curiosité grandit au point de ne plus brider le besoin de confirmer son intuition.

— Tu es la Natalina de Mammola ?

Sourcils froncés, bouche entrouverte, Nina hésite entre étonnement et contrariété.

Luisa reprend :

— Je connais ton histoire. On est du même village.

Nina a posé les coudes sur la table.

— Je savais que tu avais menti à Silvio. « Cette fille en pantalons, elle vient de Gerace. Luisa, elle s'appelle et elle s'installe dans le cabanon de son père le vieux Massimo ! »

La fille de Massimo à Gerace ! Tu parles ! Je connaissais la famille, j'étais sûre qu'il n'était jamais allé à Gerace faire un enfant… Silvio n'était pas dupe non plus, d'ailleurs. Il a fait semblant de te croire !

— Massimo, c'était mon oncle maternel.

— Oui ! Le frère de Magda. Quand tu as donné ton nom au carabinier, ça m'est revenu. Cosentino… Cosentino et Magda. On habitait la même rue. Il y a plus de dix-sept ans…

— Je pensais que ton histoire était inventée, qu'elle devait servir de leçon et...

Nina l'a interrompue, elle a croisé ses bras sur la table et demande en avançant le menton :

— Et toi, à quoi va servir ton histoire ? Qu'est-ce qu'on raconte au juste sur toi ?

— Je n'en sais rien. Mon père et mon amie Rita sont persuadés que j'ai fauté avec le fils du Baron, mais ils ont tort. Je n'ai rien fait de mal. Il est tombé de sa Vespa, sur la route, il n'y avait personne, je l'ai aidé. Aider quelqu'un, ça ne se commande pas, c'est un réflexe. Ce n'est pas quelque chose qu'on peut interdire ! De toute façon, il est parti de son côté et moi du mien ! Et plus tard, quand il m'a reconnue sur la place, il m'a saluée d'un geste de la main et il m'a souri, j'ai répondu. Mon père a vu et il a mal pensé.

Luisa a parlé très vite. Nina soupire.

— On t'a chassée ? Pour ça ?

Luisa secoue la tête.

— Non, personne ne m'a chassée. Je me suis enfuie.

— Tu t'es enfuie ? Tu ne t'es pas défendue ?

Nina a décroisé les bras. Il y a dix-sept ans, elle a été accusée et condamnée... Elle regarde Luisa et esquisse un sourire.

— Je comprends, quand on n'a pas le droit à la parole, comment se justifier et dénoncer une injustice ? Et tu comptais survivre combien de temps, seule au cabanon ?

— La nuit avant mon départ, dans le grenier, j'ai attendu, j'ai prié pour que ma mère me rejoigne ou m'appelle. Lorsque je montais le sentier, j'ai prié pour que le père me retrouve. Et lorsque je sortais, chaque matin, je priais pour qu'ils viennent me récupérer. Je les guettais. Si tu savais combien de fois je les ai rêvés.

Nina a l'impression de voir son reflet dans un miroir intemporel. Les mêmes supplications, l'espoir qui veut résister et qui flanche d'un coup.

Luisa soutient le regard de Nina, à moins que ce ne soit l'inverse.

— Luisa, je comprends. J'ai attendu moi aussi, je n'ai plus jamais prié.

10

La voix de Nina est posée, neutre, comme si le récit ne la concernait pas, comme si elle lisait à haute voix un article de journal, sans aucune expression sur le visage.

« J'avais quatorze ans quand j'ai été placée chez le Baron. Sa femme était malade de son accouchement. Elle restait allongée sans même la force de bercer son bébé. C'était le mois de mai, je rouspétais parce qu'on m'avait retirée de l'école. Je refusais de faire la domestique, je voulais être couturière. Ma mère et mon père m'ont giflée à tour de rôle. L'une parce que je n'étais qu'une fainéante et l'autre parce que je discutais un ordre. Je suis allée travailler chez le Baron. Il y avait déjà une employée qui était logée sur place. Elle s'appelait Elvira, une native de Polistena. Je n'ai jamais su son nom de famille. Elle avait le même âge que moi. On ne se parlait pas beaucoup, mais je l'ai entendue plusieurs fois répéter qu'elle attendait le retour de son frère et qu'il viendrait la sortir de là. Elle faisait la cuisine et entretenait la maison.

Moi, je m'occupais du bébé et surtout de sa mère, une femme que le Baron avait mariée en Argentine et ramenée au village. Une vraie *signora*, fortunée, de bonne famille. Elle avait de très beaux vêtements de nuit et elle en changeait tous les jours. Il fallait que je les lui prépare et que je l'aide à sa toilette. Elle me faisait de la peine parce que le Baron ne passait la saluer que le matin et je ne les ai jamais vus, ni lui ni elle, prendre le bébé dans leurs bras. J'étais entrée dans la maison de la tristesse.

Je travaillais toute la journée : quand le petit dormait, c'était sa mère qui me réclamait. Sans compter que j'aidais Elvira qui était souvent malade. Je rentrais tard et la plupart du temps, tout le monde avait fini de manger et je me contentais des restes. Le Baron passait une fois par semaine chez nous donner mon salaire à mon père. Un soir de juillet, il lui a promis que si sa femme se sentait mieux, je pourrais reprendre à l'école en septembre. Et je me souviens que mon père lui a répondu : "L'école n'est plus obligatoire à quatorze ans. Vous la garderez tant que vous en aurez besoin."

En septembre, la mère et le bébé se portaient bien, mais je ne suis pas retournée à l'école. Le Baron a proposé que je dorme chez eux pour m'éviter de sortir le soir dans les ruelles mal éclairées. Elvira avait été renvoyée ou elle les avait quittés... Je prendrais sa place, je serais nourrie, logée. Et mon père l'a remercié pour ça.

La première nuit, quand le Baron est entré dans ma chambre, j'ai crié, pleuré. Le lendemain matin, j'ai profité de son absence et j'ai filé chez moi. J'ai tout raconté à ma grande sœur et à ma mère. Je ne voulais plus retourner dans la maison du diable. Elles m'ont traitée de fille ingrate qui ne méritait pas la chance d'avoir un bon emploi, de menteuse, d'effrontée. Et je risquais une dérouillée de mon père si je continuais d'inventer des accusations contre le patron. À cette époque, les petites gens baissaient la tête en enlevant leur chapeau devant les puissants. Ils m'ont ramenée de force chez le Baron. Je comptais m'enfuir, mais je n'ai pas eu le temps de chercher un refuge. En décembre, j'étais grosse. Je l'ai dit à la *signora*. C'est elle qui a prévenu mes parents.

Mon père et le curé ont parlé. J'ai compris que le Baron leur avait donné de l'argent pour "arranger ça".

Ma mère m'a expliqué que je devais me rendre à Grotteria parce qu'il y avait là-bas une dame qui saurait me délivrer de la faute que je portais dans mon ventre. Et après, si Dieu me laissait vivre, je devrais prendre le train pour la Sicile et rester enfermée au couvent Santa Flavia pour racheter mes péchés.

Je faisais honte à mes parents, eux me faisaient honte, et toute cette honte me faisait peur, encore plus peur que ce qui allait m'arriver. On m'a confiée au curé qui m'a emmenée à Grotteria, en Lambretta, chez une dénommée la Giovanna, en pleine nuit, pour que personne ne voie, ne pose de questions.

Le curé m'a laissée devant la dernière maison du village et il est reparti. La Giovanna a ouvert la porte. C'était une femme maigre, voûtée, au regard sévère, toute vêtue de noir. J'ai pensé que j'entrais dans la maison de la Befana. Mais à l'intérieur, il faisait si chaud et ça sentait si bon le beignet sucré que j'étais contente de mourir chez une sorcière. La Giovanna m'en a laissé manger plus que ma part et elle m'a montré mon lit. On n'a rien dit. Pas un mot. J'ai dormi, je te jure, Luisa, que j'ai bien dormi.

Et puis le matin, la Giovanna m'a "examinée" dans la chambre et elle était contrariée.

— Trop tard, beaucoup trop tard pour détacher l'œuf. C'est déjà un bébé que tu portes. Je ne peux pas tuer un bébé et je n'ai pas envie de te tuer, ma belle. Dieu sait combien de filles, et des plus jeunes que toi, sont entrées ici. Eh bien, toutes en sont sorties en bonne santé. Mais, toi, ma belle, si tu as prévu de vivre, il faudra que tu ailles au bout et que tu le fasses, ce bébé.

— Ils m'ont obligée. Je dois partir au couvent.

— Je ne veux rien savoir, moi.

— Je peux faire l'enfant au couvent ?

— Je ne sais pas.

— Comment je vais passer en Sicile ?

— Je n'en sais rien, ma belle.

— Ils ne vous ont pas donné un billet de train ou de ferry pour moi ?

— Non, mais je peux te rendre la somme que j'ai reçue pour le travail, vu que je ne le ferai pas.

— Alors, j'ai compris. Ils ont décidé qu'on devait mourir, le bébé et moi. Faites-le, ce travail !

— Dieu ne me pardonnera pas !

Moi, je pleurais, et elle, elle tournait en rond dans la chambre, elle se grattait le front, elle joignait ses mains, regardait le plafond, et puis elle s'est assise au bord du lit.

— Tu ne le veux pas, ce bébé, n'est-ce pas ? Ce n'est pas un produit de l'amour, n'est-ce pas ? Alors, j'ai peut-être une idée pour ce petit mal conçu. Écoute-moi, j'ai une sœur cadette, Paola, elle s'appelle. Toutes les deux, on est des ventres secs. Mon mari m'a laissée pour une autre qui fait des enfants. Paola, elle a la chance d'avoir gardé le sien, et Dieu en est témoin, Mauro, c'est un homme bien. Ils se consolent mutuellement. Ils ont une belle grande bergerie. Tu pourrais peut-être leur donner cet enfant ? Ça ferait de bons parents et le bébé ne manquerait de rien.

J'ai accepté. J'aurais dit oui à tout ce qu'elle me proposait, c'était la seule personne qui me parlait sans brutalité, qui me regardait sans dégoût. On est parties l'après-midi. On a pris le sentier des Mille-Pieds. À un moment, j'ai bien cru qu'elle me ramenait au village, mais on a bifurqué avant la petite Neblà et on est passées devant la cascade. Quand on est arrivées à la bergerie, Paola et Mauro ont été surpris, abasourdis même. Ils ont hésité et, finalement, ils ont accepté. C'étaient les années de désordre, partout, vengeances, reconstructions, épurations. Mauro ne se faisait pas de souci pour les papiers, le certificat de naissance et tout...

À Mammola, personne n'a cherché à savoir ce que j'étais devenue, si j'avais rejoint le couvent ou si j'étais morte. La Giovanna avait contacté mes parents. Ils lui avaient soutenu qu'ils ne connaissaient pas de Natalina. La Giovanna n'avait pas insisté : "Dieu a choisi autre chose pour toi qu'un retour chez les tiens et c'est mieux ainsi."

L'hiver, cette année-là, a été terrible, il neigeait beaucoup, il faisait un froid glacial. À la bergerie, on était à l'abri. Je n'ai jamais eu faim, je n'ai jamais eu peur, Luisa, je te jure...

Lorsque Silvio est né, ils ne m'ont pas réclamé le bébé, ils ne m'ont pas chassée. Bien au contraire, ils m'ont appris à être mère et à aimer mon fils. Paola et Mauro ? Je les ai appelés papa et maman et eux, quand ils parlaient de moi, ils disaient “notre fille Nina”. Et pour Silvio, ils sont devenus *nonna* et *nonno,* et la Giovanna, la *zia.* Elle nous rendait visite régulièrement. Et chaque fois qu’elle repartait, elle affirmait que Dieu lui avait pardonné parce qu’elle avait permis à une famille de trouver la joie. Silvio avait quatre ans quand j’ai connu Antonio, un chaufournier qui travaillait au *monte* Alto et qui venait se ravitailler à la bergerie. Eh oui, Luisa ! L’amour d’un homme. Je pensais ne plus y avoir droit, et pourtant ce bonheur-là aussi est arrivé. Giovanna est morte peu de temps après. Paola et Mauro se sont installés dans sa maison, au village. Antonio et moi, on est restés à la bergerie, même s’il n’y avait plus de moutons. Antonio travaillait dur, Paola et Mauro nous donnaient quelques sous. On se voyait souvent, ils venaient passer la journée avec nous et repartaient le soir. Les belles années, on y prend goût. On participait aux fêtes paroissiales, à Grotteria, parce que Silvio allait à l’école dans ce village, et on y faisait le marché, mais aussi à Martone, à Siderno. J’y ai croisé des gens de Mammola, personne ne m’a reconnue. Quelquefois, je me demandais si je n’étais pas morte et ressuscitée pour une seconde vie…

Silvio était grand quand je lui ai dit la vérité sur son père et que je lui ai raconté mon histoire. Ça l’a rendu furieux et il s’est promis de tuer le Baron. Antonio a essayé de détourner sa colère.

Il comptait l'emmener à Milan et tous deux auraient préparé mon arrivée, mais Mauro est tombé gravement malade. Et puis ça a été le tour de Paola, il y a six mois. Je pensais rejoindre Antonio. Silvio avait décidé de rester, je savais pourquoi et j'espérais qu'il oublie ses idées de vengeance, qu'il parte… Je n'aurais jamais dû lui dire la vérité. J'aurais dû écouter Antonio qui s'était fait passer pour son père… Ce n'est pas juste ! »

Luisa ne l'a pas interrompue, elle a posé sa main sur la sienne. Nina a un moment d'hésitation et puis elle lance d'une voix assurée :

— Silvio est un brave garçon. Je suis fière de lui !

— J'ai hâte qu'il revienne.

Luisa se reprend, elle a parlé trop vite, mais Nina sourit, c'est la première fois, un beau sourire.

— Luisa, je te fais visiter la maison. On va d'abord à l'étage, je te montre les chambres. Je te prête la mienne et je dormirai dans celle de Silvio.

11

Depuis la veille, l'opération de gendarmerie a été abondamment commentée au village. Ignacio Mazetti a été arrêté. Ignacio Mazetti est à l'hôpital, gravement blessé. Ignacio Mazetti a tué le Baron… Pour venger sa sœur.

Dans sa cavale, il s'est trouvé face à un loup et a tiré le premier coup de feu. Le garçon, un nommé Silvio, dit avoir défendu le loup et il a répliqué, atteignant Mazetti au bras droit.

La nouvelle a couru de rue en rue, alimentée par les carabiniers eux-mêmes. Déployés sur le secteur, à la recherche du meurtrier, ils ont été alertés par les détonations et ont mis fin à la fusillade… Les deux belligérants ont été arrêtés, l'un conduit à l'hôpital où il reçoit des soins, l'autre à la gendarmerie de Mammola où il est interrogé.

Et la rumeur est montée de balcon en balcon, et les noms de Natalina et Luisa sont répétés à voix basse, à mi-voix, à voix haute. Maria-Rosa, la veuve du forgeron, et sa fille en appellent à la bonté de Dieu qui a épargné Natalina, pour être absoutes de leurs péchés à elles. Elles espèrent que Dieu leur pardonne, à elles, leur manque de courage d'alors. « On aurait dû amadouer la mère de Natalina. Même si son enfant est coupable, on ne l'abandonne pas et nous, on a fermé les yeux. »

Geralda regrette de ne pas avoir convaincu son mari. Si elle lui avait demandé de retenir le père de Natalina, il l'aurait écouté parce que « Luigi sait parler ». La femme du *Gobbo* redoute la punition divine pour la rue entière, et plus loin encore. Et les hommes grondent contre les lamentations, se refusent aux aveux de lâcheté, de faiblesse. Les discussions allaient bon train, antagonistes, contradictoires, entre pleurs et cris.

Le *Gobbo* est le premier à reconnaître que « Natalina était une gentille fillette, polie, qui jouait avec nos gosses. Les gamins de notre rue, un peu les nôtres. On aurait dû intervenir ».

Et puis, le mari de Geralda s'y est mis : « Un enfant est un enfant, d'où qu'il vienne, et des enfants, on en a besoin dans une maison. »

Le gendre de Maria-Rosa a bousculé toute la rue quand il a

crié : « Et puis, Jésus n'était pas l'enfant du charpentier et on n'en a pas fait toute une histoire… Enfin, je veux dire… »

Applaudissements, vociférations… la confusion s'amplifiait : on parlait des enfants, des mères, des pères, d'un temps sans affection, sans charité. On parlait de l'époque actuelle sans certitudes. On parlait de la mort du Baron. « Qu'adviendra-t-il ensuite ? » On parlait de remise en question, de changements, de renoncements pour s'accorder à la marche du monde… Tout s'est mélangé et la clameur a grandi. Elle est devenue aussi grande que le village. Dans la maison Cosentino, le défilé est ininterrompu : les voisines les plus proches d'abord.

— Dieu merci, Magda, ta petite Luisa est vivante !

— On a fait ce qu'on a pu pour la trouver, hein, Cosentino !

— Pauvre Natalina, elle, personne n'est parti à sa recherche !

— Et elles se sont rencontrées. À l'Abito !

— Tu vois, Magda, comme sont les choses, le destin !

Suivies de près par leurs époux :

— Basta, on va pas ressasser cette histoire !

— Vous l'avez vu, le fils de Natalina ? Il paraît qu'il a un loup !

— Le frère de l'autre ? Encore un démon ?

— Il n'y a plus de diable. C'est le fils de Natalina !

— Il doit nous ramener sa mère et ta fille chez nous, là où est leur place !

— Les pauvres. Elles en ont bavé !

— Que Dieu ait pitié du Baron et de sa famille.

— Si vous avez besoin de quoi que ce soit…

Et puis ceux qui habitent les rues voisines ont ajouté leurs voix :

— Maintenant que le diable est enterré, il n'y aura plus de bâtards !

— Personne ne doit se réjouir de la mort d'un homme !

— Bien sûr, mais la honte a changé de camp, pas vrai ?

— Il faut tenir les filles, mais il faut tenir les fils aussi !

— Si vous avez besoin de quoi que ce soit…

Et ceux qui ont les plus belles maisons autour de la place Garibaldi n'ont pas été en reste, auxquels pour certains, comme Gian Carlo et Cesare, Cosentino aurait préféré fermer sa porte :

— Cosentino, je vais t'envoyer mon cadet pour lui montrer comment travailler la terre. Ça va lui faire du bien !

— Et moi, c'est l'aîné que je vais te prêter pour t'aider. Il ne fait rien de bon au lycée, et lui, en plus de la terre, il faudra qu'il apprenne à respecter les femmes !

— Gardons un peu de pitié pour l'homme qui est mort, tout de même.

— Je vais te laisser mon mulet. Hein, le temps que… enfin la saison, plus si tu préfères… enfin, arrange-toi…

Et le curé, un jeune installé depuis peu, et la nouvelle institutrice ont ajouté :

— Nous devons rester en communication avec Dieu et garder confiance en sa justice. Je prie pour notre village, qu'il bénéficie de la grâce divine. Que votre famille puisse se retrouver dans la paix.

— Luisa doit reprendre l'école. Ce serait bien qu'elle puisse choisir son métier.

— Avec l'aide de Dieu.

— Vous avez toute notre considération…

Jusqu'à tard, les rues bruissaient encore. Dans la maison de Cosentino, la lumière est restée allumée toute la nuit. Les pleurs ont eu du mal à se tarir. Ceux que Cosentino ne cache plus. Il n'a pas su préserver ses enfants ! Lui qui s'est mis à travailler à onze ans parce qu'il fallait bien se nourrir et aider sa tante. Il n'a pas voulu entendre Luisa, il a minimisé ses sacrifices. Il a refusé les conseils de sa femme. Il est responsable du départ de son fils. Il se croyait victime d'un maléfice, c'est lui qui a jeté le mauvais œil sur sa famille, et il ne s'est pas oublié dans l'affaire ! Il avait perdu l'humanité, il a perdu ses enfants. Il est fautif de tout… Et il ne cesse de le répéter. Si Magda a fini par lui accorder son pardon, il doit obtenir celui de Luisa, et plus tard celui d'Enzo. Ce serait bien la première fois pour un homme ! Ira-t-il jusque-là ? Lorsque Magda a dit : « Tu les aimes, tes enfants », il a répondu : « Ce ne sont pas des enfants ! » Et puis il s'est repris. Il était un père affectueux, avant. Tout le monde le voyait bien, c'était quelque chose qu'il produisait naturellement. Sans avoir pu suivre un exemple. Peut-être que l'amour paternel n'a pas besoin de modèle, de code. Peut-être que cet amour-là, ça vient de loin. Peut-être de sa mémoire de petit. Peut-être de plus loin encore… Brusquement, il est passé de son devoir d'autorité à un pouvoir autoritaire. Il s'est mis au diapason de ce qui se faisait autour, il a répété, comme les autres : « Le père est le pilier de la maison. S'il se laisse aller aux sentiments, le pilier s'affaisse, la famille s'écroule. »

La sienne est bien lézardée depuis l'accident. L'accident! Voilà ! Il aura suffi d'une jambe écrabouillée pour écraser l'instinct paternel. La joie qu'il avait de voir ses enfants grandir, la fierté qu'il en avait parce qu'Enzo étudiait bien à l'école et que Luisa s'entendait bien avec les grands-parents… Il y avait du bonheur dans sa maison ! Tout ça perdu, égaré dans son esprit déformé.

« Il faut monter chercher Luisa ! »

Ils sont partis de bonne heure, les époux Cosentino. Maintenant, Cosentino sait où trouver Luisa. Il y avait pensé, à l'Abito, mais il avait exigé qu'on jette la clef, dans un accès de colère. « Puisque la terre à blé est inexploitable, je ne veux plus la voir, cette maudite clef. » Un regret de plus. Magda a bien fait de désobéir. Elle a bien fait d'attendre, d'attendre qu'il lui dise : « Magda, je me suis trompé, la petite devrait être avec nous et, si je pouvais, je la ferais revenir ! » Alors elle lui a enfin parlé de la clef qui a disparu du trousseau accroché à l'encadrement du fenestron.

Magda a confié le *nonno* à la veuve du forgeron.

— On ne sera pas de retour avant demain !

Pour Maria-Rosa, il s'agit d'une coopération des plus élémentaires :

— Tu peux compter sur moi, Magda ! Prenez le temps qu'il faut ! Soyez prudents, le ciel n'est pas au beau ! Que Dieu vous accompagne !

Ils ne savent pas si Dieu les accompagne, mais à chaque passage difficile sur le sentier des Grecs, Magda réclame son assistance, pas pour elle, pour son mari qui restait muet. Arrivé devant la grotte de l'ermite, Cosentino a rompu le silence :

— Il n'y a plus personne, ici. L'homme des bois a quitté le poste, et depuis un bon moment, vu l'état du coin. Il ne faudrait pas que la pluie vienne nous retarder, mais si tu es fatiguée, Magda, on s'arrête.

Magda est épuisée, mais elle dit d'une voix ferme :

— On continue, si tu penses que c'est plus raisonnable.

— Magda, je ne sais plus ce qui est raisonnable !

Il est voûté, les mains appuyées sur une branche, ramassée plus bas, qui lui sert de canne. Magda comprend que sa fatigue à lui dépend de la sienne.

— C'est notre chemin de croix, on avancera tous les deux. On a toujours marché côte à côte.

Il s'était redressé.

— Si la pluie nous prend au milieu de la petite Neblà, on n'ira pas au bout…

— La pluie ne tombera pas.

Elle l'a interrompu brutalement. Elle n'aime pas voir son mari comme ça, son apathie l'irrite autant qu'elle l'inquiète.

— Magda ! Tout est ma faute ! Il ne faudrait pas qu'il t'arrive quelque chose. Redescends au village !

— Tais-toi !

Il se tait. Magda se tait aussi. Ils marchent. Ils atteignent la petite Neblà. Le chemin est devenu un ruisseau rapide. Dans peu de temps, ce sera un torrent, on le devine au fracas en amont qui s'amplifie et résonne. Ils ne pourront pas monter par là.

— Tu connais un autre passage ? Achille, un autre passage !

Elle a dit « Achille ». Personne ne l'appelle plus que par son nom : Cosentino. Et Magda avait fini par prendre aussi cette habitude. À croire qu'elle avait oublié son prénom. Il se tourne vers elle.

— Quand je conduisais les partisans, je les faisais monter par le sentier des Mille-Pieds, mais il nous faut retourner à la grotte et suivre le chemin plus bas.

— Alors, on en profitera pour se reposer… manger un peu… récupérer des forces. Tu en as bien besoin.

— Toi aussi.

Il avait répliqué sans rudesse. En redescendant, Magda a eu l'impression que son époux était moins voûté, que son handicap le gênait moins. Elle a levé les yeux au ciel pour remercier Dieu de sa bonté. Les premières gouttes sont tombées comme des larmes, silencieuses.

La pluie les oblige à prolonger la halte. Dans la grotte, ils écoutent la source qui gonfle son ronronnement. Ils sont assis sur la pierre plate qui sert de table. Épaule contre épaule.

— Et si je préparais un peu de feu, Magda ? Regarde, il y a quelques branchettes sèches là-bas.

Elle a approuvé d'un signe de tête.

Les flammes éclairent jusqu'au plafond de la cavité, une lumière intermittente au gré du vent qui s'engouffre à l'intérieur.

— Dès que la pluie se calme, Magda, on repart. Même si on est trempés quand on arrive à l'Abito.

— J'ai peur. Achille, j'ai peur… Au cabanon… Luisa…

— Tu as peur de ta fille, Magda ? C'est elle qui a peur de nous, de moi ! Et ce sera pire quand elle saura la vérité. Parce qu'il faudra lui avouer qu'on est des assassins.

— Pas nous, Achille, on était contre ! Contre tous les gens du village. Tous ! Quand ils sont venus te demander ta participation, tu as refusé !

— Oui, mais je ne les ai pas dénoncés ! Le silence vaut complicité !

Magda l'interroge du regard.

— Tu n'as pas compris, Magda ? Ils vont réclamer qu'on leur rende service à notre tour. On est redevables, Magda. Tu sais ce que ça signifie.

Magda est contrariée.

— Mais qu'est-ce que tu racontes ?

— Tu imagines qu'on va s'en sortir aussi facilement ? Tu penses vraiment que Gian Carlo compte sur moi pour apprendre à travailler la terre à son fils ? Tu as vu avec qui il traîne, ce vaurien ? Et l'autre, l'aîné de Cesare qui ne vaut pas mieux... Pourquoi crois-tu qu'ils soient venus me soutenir ? Mon silence est complice ! En contrepartie, il faudra bien que je raconte que ces délinquants seront avec moi quand ils seront ailleurs... lorsqu'on nous rend service, on doit rendre service. Un service pour un service, et comme ça, on fabrique l'attache. Ce n'est pas de l'entraide. Ce n'est pas un lien, Magda, c'est une mécanique. Et on est dans l'engrenage.

— Arrête ! Arrête !

Magda a crié. Elle est agitée de soubresauts et cache ses yeux.

— Je ne veux plus qu'on monte au cabanon, je ne veux plus bouger. Je veux rester là pour toujours.

Et puis elle se redresse brusquement, la révolte succède à l'effarement. Elle crie de plus belle.

— Mais c'est bien toi qui as aidé les parents de Gian Carlo, c'est bien toi qui leur apportais de quoi manger ! Tu ne leur dois rien ! Tu ne dois rien à personne ! Et puis tu n'as qu'à te dénoncer et on verra bien qui te défendra.

— Oui, on verra, Magda, on verra ! Calme-toi. Je n'aurais pas dû te parler de ça. Calme-toi !

Il est assis près d'elle, la serre dans ses bras et la berce.

12

Silvio a passé la journée d'hier et la nuit suivante à la gendarmerie de Mammola. Dès son arrivée, il y a eu un premier interrogatoire. Silvio était assis ; face à lui, derrière un bureau, le maréchal l'observait et lui commandait de décliner son identité.

Nome Silvio – *Cognome* Sorgentino – Né le 3 mai 1946 à Grotteria – Mère : Natalina Sorgentino – Père ?

Silvio demande :

— Lequel ? Celui qui m'a élevé ? Antonio Gazzani.

— Non. Le père ! Le géniteur.

— L'homme qui a été tué.

— On ne peut pas noter ça.

— Pourtant…

— Bon. Père : inconnu

— Exact. Je ne le connaissais pas, et je suis bien content de ne pas l'avoir connu.

Le bruit des touches de la machine à écrire ponctuait chaque mot prononcé. Et quelquefois, le rythme était rapide.

— Aviez-vous déjà rencontré Ignacio Mazetti ? Quelle est votre relation avec lui ?

— Non ! Je n'avais jamais vu cet homme !

— Pourquoi avez-vous tiré sur lui ?

— Il allait abattre Libero.

— Qui est Libero ?

— Mon loup.

— Votre loup ? Allez ! Bon ! On va dire un chien. Je note un chien. Y avait-il d'autres individus avec lui ou avec vous ? Pourquoi avez-vous tiré ensuite cinq coups de fusil ?

— J'étais seul. J'étais en colè… Pour demander de l'aide.

— Vous habitez dans une bergerie avec votre mère, bergerie qui a été léguée à ladite Natalina Sorgentino par…

— Mes grands-parents.

— Non ! Vos grands-parents maternels vivent à Mammola et se nomment…

— Je m'en fiche de savoir comment s'appellent ces gens.

Le maréchal soupire et hausse les épaules.

— Reprenons. Bergerie léguée par Mauro Novella et Paola Lucino, mariés à Grotteria, le 18 septembre 1941. Vous êtes propriétaire d'une maison sise à Grotteria par legs de Giovanna Lucino.

— Je l'ignorais.

— Qu'est-ce que vous ignoriez ?

— Que la *zia* Giovanna m'avait donné sa maison.

— Giovanna Lucino n'est pas votre tante. Vous inventez des liens familiaux qui ne sont pas reconnus légalement.

— Qu'est-ce que c'est, une famille « légale » ?

— Basta ! Officier, coffrez-le ! Nous reprendrons cet après-midi. D'ici là, on aura la décision du juge.

Après trois heures et un repas frugal, l'interrogatoire a recommencé. Le maréchal semblait soulagé.

— L'enquête de moralité vous décharge. D'autre part, votre mère ainsi que la dénommée Luisa Cosentino témoignent que vous possédez bien un loup. Ce qui est une menace pour autrui. On verra si la détention d'animal dangereux peut vous valoir une amende. Par ailleurs, vous êtes disculpé du motif d'assassinat, mais pas de celui de blessure volontaire contre la personne d'Ignacio

Mazetti, la légitime défense n'a pas été retenue. Vous recevrez une convocation par courrier.

À sa sortie de la gendarmerie, nombreux étaient les hommes du village qui l'attendaient.

Ils avaient appris l'existence du garçon au loup, tous savaient qu'il était fils de Natalina et que Luisa les connaissait. Mais ils en demandaient plus. Tous ceux qui étaient présents exigeaient maintenant le retour de Luisa et de Natalina. Le retour à la normale. Quelque chose entre la tranquillité et le pardon parce que « tous le méritaient ». C'est ce qu'ils disaient les hommes rassemblés sur la place. Les plus informés criaient à Silvio : « Le petit Baron et son Argentine de mère ont fichu le camp. »

Les plus déterminés hurlaient : « On veut revoir nos filles. Oui, qu'elles reviennent ici. Le village est délivré. »

Et ils fêtaient la libération, chapeaux jetés en l'air, applaudissements. Certains avaient sorti *zampogna, tamburello,* harmonicas, flûtes et la ronde de *tarantella* improvisée grossissait au fur et à mesure de l'arrivée des femmes.

Silvio a cherché parmi la meute de Luisa celui qui pouvait se nommer Cosentino. Mais dans ce rassemblement, il n'y avait que pères, frères, fils, si semblables tant leur emportement était collectif… Peut-être se trouvait-il aussi des membres de sa famille légale, mais pour eux, il n'avait pas de curiosité.

S'il avait su reconnaître le père de Luisa, serait-il allé vers lui ? Pour quelle raison ? Pour l'assurer de son silence ?

Il avait réussi à échapper à la foule et il marchait le long du Turbido, soûlé de cette allégresse frénétique. Le rythme du tambourinaire lui restait en tête. La *tarantella*, il l'a dansée plus d'une fois, à la bergerie, sous la conduite des grands-parents. À chaque retour du marché, quand ils avaient bien vendu, huit meules de fromage, six pièces de pecorino, une brebis pleine, plus rarement. C'était la fête.

Il se repasse les images : sa mère Nina, sa *nonna* Paola, les mains enfarinées, riant et chantant tandis que le *nonno* Mauro faisait sonner les instruments de musique. Silvio a appris à jouer, un peu… Il a su aussi rouler les cigarettes avec les feuilles d'aubergines séchées… plus tard.

Antonio lui a montré comment fabriquer la chaux et se servir d'un fusil. Tout ça, dans l'isolement paisible de sa forêt qu'il a hâte de retrouver. Le refuge qui a toujours amorti ses questions d'enfant de père haï qu'il faudra tuer comme on écrase la vipère qui a mordu l'agneau nouveau-né. Silvio se souvient encore de la réaction de Mauro qui a assisté à l'attaque. Il a vu le serpent se dresser et fondre sur la patte de l'agneau. Mauro l'a écrasé avec la crosse de son fusil, sans émotion, sans colère et, imperturbable, a tourné l'arme sur l'agneau : « Il ne s'en remettra pas, il va souffrir trop longtemps. » Silvio s'était sauvé dans la forêt pour cacher son chagrin, et elle a calmé ses pleurs. La forêt, refuge pour tempérer ses inquiétudes d'enfant qui devenait un homme. La forêt, où le louveteau abandonné s'est laissé approcher, apprivoiser.

Libero a été blessé, il s'est enfui. Pourtant, Silvio sait qu'il ne le reverra plus. Un animal blessé par un homme n'oublie jamais, incapable de faire une différence parmi ceux qui ont des fusils, entre celui qui ne le prendra jamais pour cible et celui qui planifie sa mort. Si le loup survit, et c'est ce que Silvio espère, il rejoindra les siens et il arpentera la forêt avec eux. Silvio et Libero ne se rencontreront plus.

Silvio a tiré sur un homme en défendant un loup. Un coup de feu pour une agression : un geste « illégitime » ?

Cet Ignacio Mazetti était à genoux, sonné. Il regardait son bras inerte et la coulée de sang qui se répandait sur la terre. Silvio a détaché la sangle de son fusil et l'a utilisée pour garrotter le bras juste avant le coude. Il craignait que la ligature soit trop serrée ou insuffisante… Le blessé a dû penser la même chose parce que, lorsque Silvio s'est reculé, il a dit :

— Tu m'as touché salement, je me vide.

Silvio hésitait, l'homme implorait.

— Je vais mourir. Je le mérite. J'ai tué.

Silvio hochait la tête.

— Je ne sais pas si le loup est mort.

— C'est un autre loup que j'ai tué. Jeudi dernier. À la tombée de la nuit. Deux coups et il s'est écroulé devant sa porte. Je me suis enfui dans la forêt. Je me suis perdu. J'ai volé pour me nourrir, une poule, près d'un cabanon.

Une peur rétrospective avait saisi Silvio, la colère aussi.

— Tu t'es approché du cabanon ?

— Ne me laisse pas là. Par charité. Porte-moi mourir chez moi, à Polistena.

— Trop loin ! On va essayer d'arriver à la bergerie.

L'homme a fermé les yeux.

— J'ai compris. Que Dieu ait pitié de moi. Écoute… On m'a payé pour tuer. Trois cent mille lires. Je suis Ignacio Mazetti.

— Je vais essayer de t'emmener chez moi, je…

L'homme l'avait interrompu.

— Je dois libérer ma conscience. J'ai tué pour venger ma sœur Elvira. Elle avait quatorze ans quand on l'a trouvée morte sous un pont. Mais c'est pour l'honneur d'une autre gamine que j'ai été payé. Elle a été engrossée par le diable, elle a disparu.

Silvio avait pensé que le blessé délirait et qu'il assistait à son agonie.

— Tu as tué le diable ?

— Je devais abattre toute la famille, j'ai eu seulement le père, celui qui a tué ma sœur, le Baron !

Les mains de Silvio s'étaient mises à trembler. Ignacio Mazetti lui avait évité de commettre un meurtre, il l'avait empêché d'accomplir son devoir. Et entre ces deux constats, le tremblement des mains, incontrôlable…

Le blessé avait fermé les yeux, il parlait toujours.

— Il a dit, l'homme qui m'a donné l'argent, il a dit : « Tous ceux du village ont participé avec ce qu'ils pouvaient. Pour Luisa Cosentino. »

Silvio s'était figé.

— Qu'est-ce que tu racontes ?

Le blessé avait regardé Silvio qui venait de pointer son arme sur lui.

— Tu as raison, achève-moi !

— Quel nom, la fille ? Plus fort, je n'entends pas !

Et le blessé a répété : « Luisa Cosentino. »

Alors, Silvio a levé son fusil et a tiré. Sur le ciel d'abord. Ce ciel, témoin silencieux de tous les malheurs de la Terre, puis sur la terre, cette terre qui recouvre de la même manière les bons comme les mauvais.

Et il y a eu les sommations des carabiniers. De toute façon, Silvio avait balancé son fusil dans les buissons et il s'était agenouillé auprès du blessé qui soufflait :

— Ne dis rien, promets-moi de ne rien dire… pour l'argent !

Silvio avait serré ses poings.

— Le diable est mort, mais on est tous maudits.

Le blessé avait insisté.

— Je vais brûler en enfer. Ne dis rien.

Les carabiniers sont intervenus.

13

Il est près de midi lorsque Silvio aborde le premier raidillon sur le sentier des Grecs. Une pluie fine s'est mise à tomber. Dès qu'il passe sous les chênes, il reçoit l'ondée, les feuilles retiennent tant qu'elles peuvent les gouttes, mais elles finissent par lâcher prise et se débarrassent d'un coup du trop-plein, puis elles se replacent pour les récolter et tout recommence. Silvio marche vite.

Il compte s'abriter de l'orage dans la grotte de l'ermite, si la pluie s'intensifie.

Là où il s'est présenté à Luisa, cette espèce de chose en pantalons, alourdie par son balluchon sur l'épaule, qui peinait dans la grimpée. Il surveillait sa progression depuis un moment. Il avait cru d'abord avoir affaire à un petit homme malingre, à moitié ivre... Ensuite, il avait pensé qu'il s'agissait d'un gamin et il s'attendait à apercevoir ou entendre les parents, parce qu'on ne laisse pas un enfant seul, aussi chargé, sur un chemin pareil. Et puis il a distingué son visage, quand elle s'est assise pour boire. Et il l'a suivie. Plus d'une fois, il a failli l'avertir du danger de s'approcher trop près de la ravine... Il s'est décidé à intervenir devant la grotte de l'ermite. Il n'avait pas prévu de lui faire aussi peur, il était tellement habitué à la présence de Libero qu'il l'avait oublié. Il avait écouté ses mensonges sans réagir, bien qu'il sache que le vieux Massimo n'avait pas d'enfant. Elle se sauvait, c'était évident. Il était incapable de lui donner un âge, elle semblait bien jeune pour devoir fuir un mariage arrangé, un fiancé violent ou une mauvaise action. Il a vite compris qu'il accepterait tout de cette fille vêtue comme un garçon, tout ce qu'elle traînait, et même une mauvaise action.

Les moments passés ensemble se sont multipliés avec ce besoin commun de les démultiplier. Silvio s'était figuré qu'ils allaient former un couple, une famille. Parce que ce qu'il voyait dans les regards que Luisa posait sur lui, c'était le reflet de ses propres sentiments. Après tout, au cœur de cet environnement… Luisa et Silvio… Lui et elle… Adam et Ève… Il n'y avait jamais pensé avant, et voilà que ça ne sortait plus de sa tête et que ça prenait tous ses sens, tout son esprit. Il avait même oublié sa promesse de tuer le Baron. Il n'avait plus aucune envie de mort.

Luisa l'a repoussé, elle n'a pas voulu de lui. S'il avait su, il lui aurait dit : « Je serais époux et père en même temps. » Et après, en imaginant que la déclaration l'ait rassurée, ce dont il doutait encore… Pouvait-il envisager, avec elle, un retour au village ? Autant Silvio se sentait de taille à élever un enfant « mal conçu » – Antonio avait été un bon modèle –, autant il se sentait incapable de vivre dans une société sans forêt, sans loups. Et il avait refusé de suivre Antonio à Milan.

Déjà à l'école de Grotteria, Silvio était mal à l'aise. Tous ceux de son âge blâmaient ce qu'ils appelaient les terres âpres et la misère de leur existence, répétant à l'envi les discours paternels. Ils ne faisaient qu'anticiper l'exode. Très peu sont restés, comme lui, bergers sans moutons, travailleurs sans emploi. Et alors que les campagnes se dépeuplaient, Silvio, lui, voyait dans cet abandon l'agrandissement de son territoire. Le seul départ qui l'ait affecté a été celui d'Antonio, le seul non-départ qui l'ait tout autant bouleversé a été celui de sa mère. « Elle serait si bien en compagnie d'Antonio, loin de son passé. »

Dans sa dernière lettre, Antonio disait : « Enfin ! J'ai trouvé un appartement dans un immeuble tout neuf, au troisième étage. Il y a une salle de bains. Les pièces sont assez petites, mais bien orientées. Je pense que ça te plairait, Nina. Je n'ai pas encore acheté les couvertures. Je suis installé depuis hier seulement, mais j'avais hâte de vous annoncer cette bonne nouvelle. Je pense tous les jours à toi, Nina. Vous me manquez beaucoup, Silvio et toi. Ne tardez pas à venir, maintenant tout est prêt pour vous recevoir. Je compte descendre à Noël. Je languis ! J'espère que vous allez bien tous les deux. J'attends de vos nouvelles. Écris-moi vite, Nina. »

Il accélère le pas, répète à voix haute : « Ma mère sera heureuse avec lui. »

Silvio est arrivé devant la grotte. Il hésite à entrer. Quelqu'un est à l'intérieur. Quelqu'un a allumé un feu. Un vent tournoyant, chargé d'eau et de feuilles arrachées l'oblige à s'abriter.

14

La nuit dernière, à la bergerie, Luisa a été réveillée en sursaut, deux fois. D'abord par un cri. Elle s'est assise sur le lit, à l'écoute. Un cauchemar, sans doute. Elle n'a pas osé bouger, d'autant que le silence est vite revenu. Qui a poussé ce cri ? Peut-être Nina qui dort dans la chambre voisine ? Luisa ne s'est pas risquée à se lever. Peut-être que ce cri entendu, c'est elle-même qui l'a lancé, pour s'échapper d'un sommeil hanté... Elle ne s'est pas rallongée tout de suite. Elle a regardé autour d'elle, le temps de s'habituer à l'obscurité, le temps de retrouver sa lucidité. Rien n'a changé dans la grande chambre. L'armoire au long miroir encadré de deux portes bombées est toujours contre le mur, à gauche du lit matrimonial. De l'autre côté, la petite table de chevet, aussi bombée que l'armoire, n'a pas bougé de place, tout comme la chaise qui est en face et sur laquelle Luisa a posé la *saldara*, cette couverture en genêts, épaisse et rêche.

Tout sent le genêt ici. Nina a dû mettre des sachets de fleurs séchées dans les piles de draps. Même l'oreiller est parfumé. Luisa l'avait noté dès qu'elle était entrée dans la chambre. Le genêt a des vertus médicinales et Nina doit avoir besoin de s'endormir avec cette odeur, mais elle n'a pas l'air malade, à moins qu'elle ne soit toujours pas guérie du viol… Est-ce qu'on peut guérir de ça ?

La nuit n'est pas terminée puisqu'il n'y a pas la moindre lumière qui passe par la fenêtre, bien que les volets soient restés ouverts. Luisa est indécise. Quitter le lit ? Se rendormir ? Elle choisit la seconde option qui lui semble la plus appropriée. Elle étend ses jambes et attend que le sommeil revienne. Les yeux fermés, elle invite des images, les plus bienfaisantes. C'est difficile. Se revoir quand elle était installée au bord de la Lenta, les pieds dans l'eau ? Non, pas cette image qui en amène une autre, celle de Silvio assis à ses côtés qui en amène une autre, sa course dans la forêt, puis encore une autre, Nina chez le Baron. Le sommeil ne reviendra pas avec ces images-là.

Elle doit en chercher d'autres, remonter plus loin. Le visage de Rita apparaît, puis celui de ses parents, suivi de celui d'Enzo, et enfin arrive celui de la *nonna*, et ce n'est pas seulement son portrait, mais sa personne tout entière qui apparaît. Et Luisa se sent bercée, elle a l'impression que les mains aux taches brunes, aux doigts noueux lissent ses cheveux et caressent ses joues. Elle a l'impression de l'entendre chantonner… Et de nouveau, un réveil en sursaut. Cette fois, un fort coup de tonnerre a résonné. Les vitres de la chambre en ont vibré. Le jour se lève. Luisa quitte son lit, elle va jusqu'à la fenêtre. L'orage n'a fait que passer. Quelques nuages se dispersent, les plus entêtés restent encore teintés de gris tandis que les blancs légers s'effilochent. Le soleil a éclairé le plateau d'une lumière franche alors que les collines boisées, lointaines, dessinent un horizon bleuté ondulant. Luisa descend l'escalier de meunier et retrouve Nina à la cuisine. Elles se saluent. Personne n'a parlé de cri ou de cauchemar. Luisa n'a pas évoqué le genêt. Nina a juste dit qu'elle l'attendait pour préparer le café. La Moka est sur le feu. À la demande de Nina, Luisa ouvre une des portes basses du placard en formica et prend deux bols qu'elle pose sur la table. Puis, sur les indications données, elle ouvre un tiroir, retire deux cuillères et un couteau du range-couverts et les place à côté des bols. Nina a sorti le pain d'un sac en toile accroché à un clou planté dans le mur.

Elle le passe sous l'eau, un filet d'eau, à peine une seconde, et ferme le robinet. Une manière de consommer le pain jusqu'au bout, il est juste croquant comme il faut. Elle demande à Luisa ses préférences pour le petit-déjeuner.

— J'ai du lard, ou du *capocollo*, ou de la confiture de figues et du miel.

Luisa est embarrassée, ce sont des repas de fête ! Elle a du mal à cacher sa surprise. Nina l'a remarqué, elle se justifie.

— Je n'ai pas beaucoup d'invités, alors pour une fois...

Le bruit caractéristique du café qui monte dans la Moka accompagne l'odeur, ce parfum de café matinal qui traîne longtemps dans toutes les cuisines. C'est le parfum du jour qui débute. Est-ce qu'on se réveille pour sentir l'odeur du café ou est-ce l'odeur du café qui finalise le réveil ? Elles s'attablent.

— Silvio sera libéré dans la journée. Le carabinier me l'a garanti hier. On ne tardera pas à le voir. Alors, Luisa, cette confiture, comment tu la trouves ?

Nina est enjouée. Elle sourit. La joie est une humeur communicative.

— Excellente. Le pain aussi est très bon. Combien de temps il lui faut pour arriver ?

— Eh bien, quatre, cinq heures s'il remonte le chemin des Grecs. S'il décide de prendre le bus pour Grotteria, peut-être un peu moins. Enfin, ça dépend des horaires. En tout cas, de Grotteria à la bergerie, il ne mettra pas plus d'une heure.

— Je ne vous croyais pas aussi près de Grotteria.

— La route ne passe pas très loin. Si on avait une Lambretta, le trajet durerait un quart d'heure…

— Vous n'êtes pas si isolés, en fin de compte. J'imaginais la bergerie bien plus haut dans la montagne. Je pensais que vous viviez à l'écart de tout. Je me demandais d'ailleurs comment vous pouviez faire le marché deux fois par mois… Vous êtes moins loin de Grotteria que je le suis de Mammola.

Nina observe Luisa qui plisse les yeux, incrédule.

— Je comprends que tu sois étonnée. J'aurais dû t'inviter, plus tôt, dans d'autres circonstances. Mais on fréquente moins de monde et on prend vite de mauvaises habitudes. Et puis le comportement de Silvio, ses manières d'homme des bois toujours flanqué d'un loup ont pu te laisser croire que tu avais affaire à des marginaux, des rustres. Tu serais venue avec nous au marché, vendre tes bouquets d'origan, tu aurais changé d'avis.

Luisa a haussé les sourcils, elle souhaiterait contredire Nina, mais elle s'abstient de répliquer : « Silvio n'a jamais été rustre. Le père l'est davantage. »

Nina soupire.

— Silvio est comme ça depuis qu'il sait, pour sa naissance, pour... Ni Mauro, ni Paola, ni Antonio n'ont rien pu changer. Je te jure, Luisa, qu'on a tous tout essayé. Un jour, il a fini par dire qu'il était heureux d'avoir choisi ce mode de vie et qu'il ne changerait pour rien au monde. Il n'a pas les rêves des garçons de son âge. De toute façon, il est comme il est !

— Mais son loup ?

— Il y a toujours eu des loups, plus haut, plus loin. Certains descendent jusqu'ici en hiver. L'année dernière, on en a vu deux rôder autour de la maison. Silvio a trouvé Libero dans la forêt de pins. C'était un louveteau perdu. Les loups abandonnent rarement leur progéniture. On ne sait pas ce qu'il lui est arrivé. Silvio n'a jamais cherché à faire de lui un chien de compagnie. Il lui a appris à grandir comme un loup, même s'il lui a fallu passer des nuits dans la forêt avec lui.

Elles sont assises, elles n'ont pas débarrassé la table. Elles parlent.

— Maintenant que le Baron est mort, est-ce que Silvio va changer ?

— J'en doute, Luisa. Antonio me presse de le rejoindre, je ne veux pas le perdre. Je ne sais pas si Silvio finira par quitter sa forêt et je ne sais pas si j'aurais le courage de partir sans lui. Et pour toi, Luisa, est-ce que la mort du Baron te permettra de retourner chez tes parents ? Parce qu'au cabanon, l'hiver... Non, non, impossible ! Ne sois pas déraisonnable !

— Le *zio* Massimo y restait bien au cabanon, l'hiver. J'ai déjà commencé à rentrer du bois, du bois que j'ai coupé moi-même, à la hache.

— Ton oncle n'avait pas peur d'être seul !

Luisa a baissé la tête. Elle pince la cuillère dans le bol vide et la tourne dans un sens, dans l'autre. Le *zio* Massimo descendait au village fin novembre, début décembre, et il y restait, pour la récolte des olives, donner un coup de main au père malgré leurs divergences, et surtout pour les fêtes de Noël. Il ne remontait pas, tout simplement parce que les sentiers étaient impraticables... Elle se souvenait que, pendant l'hiver, la mère allait moins souvent chez le *nonno*. Pas plus d'une fois par jour. Le reste du temps, elle cousait les rideaux, retournait le col des chemises des hommes, y compris celles du *zio*, tricotait les chaussettes, triait les vieux draps et les taillait pour en soutirer soit des torchons, soit des mouchoirs. Elle raccourcissait les pantalons neufs des uns, des autres, alimentait le feu, triait les lentilles, surveillait la cuisson du ragoût... Et lorsque Luisa rentrait de l'école, celle-ci reprenait le travail laissé par la mère qui faisait juste un aller-retour chez le *nonno*. Les journées d'hiver étaient courtes et Luisa ne voyait Rita que pendant le temps scolaire. Parfois, elles se parlaient d'un balcon à l'autre, lorsqu'elles étendaient le linge quand il ne pleuvait pas ou le dépendaient avant qu'il pleuve. Le *zio* Massimo passait à la maison récupérer les chemises, récupérer les chaussettes. Il prenait quelques minutes pour discuter avec Luisa, quelques minutes, pas plus.

En réalité, le *zio* Massimo n'était pas au cabanon à la mauvaise saison, il restait au village ! Elle a menti à Nina comme elle s'était menti à elle-même. Elle remue encore la cuillère dans le bol, tête baissée.

— Je crois bien que je peux habiter seule à l'Abito, peut-être parce que j'ai pris l'habitude.

— Il faut y réfléchir, Luisa. Pendant une tempête ou une averse de neige, Silvio ne pourra pas descendre au cabanon et toi, tu ne pourras pas monter ici. Et ça peut durer.

Luisa se tait. Réfléchir ? Est-ce qu'elle a le choix ? Un haussement d'épaules. Ce sera sa seule réaction.

Nina s'est levée. Luisa suit le mouvement. Elles débarrassent la table.

La cuisine vient de s'assombrir d'un coup. Nina a quitté précipitamment la pièce et se tient sur le pas de la porte. Elle scrute le ciel. Lourd, noir menaçant. Elle revient dans la cuisine, demande gentiment à Luisa de faire la vaisselle et sort.

Luisa s'exécute, la voix de Nina était posée, mais son visage trahissait la contrariété ou la préoccupation. « Elle s'impatiente pour Silvio. » Les retrouvailles entre la mère et le fils doivent se passer en famille. Luisa serait de trop. Au retour de Nina, elle déclare :

— Il vaut mieux que je descende au cabanon.

Et la réplique fuse.

— Ah non ! Pas maintenant !

Nina a fait un geste de la main qui signifie « Viens, suis-moi », et Luisa l'a suivie. Elles s'arrêtent sur le pas de la porte.

— Luisa, tu ne peux pas partir. Écoute !

— Je n'entends rien. Je n'entends même pas les poules.

— Je viens de les enfermer dans le baraquement. Regarde la couleur du ciel. Tu comprends pourquoi tu n'entends rien ? Encore quelques minutes et le vent va souffler, il va souffler fort.

Elle désigne la forêt de pins qui surplombe le plateau.

— Ça y est ! Regarde ! Là-haut, les sommets des arbres, regarde comme ils se trémoussent. Vite, on rentre.

À peine se sont-elles engagées dans la cuisine que la pluie se met à tomber. Un dégoulinement tranquille, régulier. Puis le vent s'en mêle, emmêle les gouttes d'eau, les rassemble, les projette d'un côté, de l'autre, violemment, bruyamment. Nina a eu du mal à refermer la porte retenue par la bourrasque. Il pleut de plus en plus, le vent est de plus en plus fort. Le bruit devient épouvantable.

Nina arpente la pièce, les mains dans les poches de son tablier.

— J'espère que Silvio a décidé de prendre le bus pour Grotteria.

Luisa a collé son nez à la vitre. La tempête se déchaîne. Un géant invisible qui gronde, qui souffle. Et son haleine grise recouvre le plateau, et les arbres se tordent sous la poussée dans une plainte funèbre, et l'averse s'abat en tourbillons sur la prairie fumante.

Luisa pense au sentier des Grecs, au brouillard qui confond terre ferme et ravin, à la petite Neblà qui doit arracher et charrier pierres et branches dans un fracas tonitruant. Nina se tourne vers Luisa.

— Tu comprends pourquoi je ne voulais pas que tu partes. Tu n'aurais pas eu le temps d'arriver au cabanon. Avec cette couleur des nuages et ce silence, il faut s'attendre à une tempête. C'est quelque chose qu'on apprend à reconnaître.

— Alors, Silvio ne montera pas par le sentier des Grecs, même s'il a été libéré. Il reconnaîtra les signes.

— Oh ça oui... Mais on ne sait pas quand il est parti, s'il est parti... On ne sait même pas comment est le temps en bas...

Luisa regarde Nina, ce faux sourire, celui qui se montre rassurant, ces mains qui tortillent le bas du tablier. Lorsque Enzo a empoigné ses valises et que la mère le suivait du regard jusqu'à l'angle de la rue, elle avait les mêmes gestes. Est-ce qu'il faut être mère pour manifester l'inquiétude de cette façon ?

Elles sont là, toutes les deux, dans la cuisine. Nina va et vient, s'arrête, le regard vide, repart. Luisa est retournée à son poste d'observation.

Le géant invisible est fatigué, son souffle faiblit. On n'entend plus que le bruit de la pluie. Nina s'est approchée de la fenêtre.

— Demain, si Silvio n'est pas rentré. Il faudra que je descende… pour savoir…

Luisa a murmuré :

— J'irai avec toi.

Elles ont pris cette décision sans hésiter, comme si, froissant le tablier pour l'une, le nez collé à la vitre pour l'autre, elles s'étaient préparées, le temps de l'orage.

Luisa a déclaré d'une voix ferme :

— On descendra jusqu'au Torbido.

Nina a approuvé en ajoutant :

— Et si on ne le croise pas en chemin, il faudra continuer. Pousser jusqu'à la gendarmerie.

Et toutes les deux envisagent l'entreprise.

— On risque de rencontrer des villageois sur la route.

— Luisa, ils ne nous reconnaîtront pas. Je vais te donner une jupe. Pour les chaussures, ça n'a pas d'importance. On se changera avant le cimetière.

— Et s'ils me reconnaissent ? Et s'ils nous reconnaissent quand même ?

— Ils croiront voir des fantômes. Ils baisseront les yeux.

— Et s'ils n'ont pas peur ? Et s'ils nous insultent ou nous jettent des pierres ?

— Alors on ramassera leurs pierres et on les leur renverra ! Personne ne me fera reculer.

Nina avait supporté l'injustice, le bannissement. Elle était prête, prête à se défendre contre toute nouvelle humiliation, à attaquer même, s'il le fallait, prête à renverser la subordination aux codes établis, au fatalisme. Il y avait l'impulsion de quelque chose de plus grand que la colère ou la rancœur.

— Quoi qu'il arrive, je pars retrouver mon fils !

Luisa approuve, elle se tient bien droite, les épaules en arrière et les lèvres serrées.

— Et moi, je veux regarder qui je veux, comme je veux et pouvoir sourire à qui ça me chante, sans me cacher, sans avoir honte, sans me sentir coupable.

Elles ne se rabaisseront plus ! Et puis, peut-être parce que leur détermination commune vient de les surprendre et de les troubler, elles se regardent longuement.

— Ce sera difficile…

Luisa a parlé la première et Nina a ajouté :

— Avec un peu de chance, on pourra s'épargner ça. Si Silvio arrive dans l'après-midi, il te raccompagnera au cabanon. Je préfère que tu attendes à la bergerie, c'est plus prudent. Je vais sortir les poules. Tu viens avec moi ?

Luisa a approuvé d'un hochement de tête. Elles sortent. Il ne reste de la tempête qu'un arc-en-ciel qui part du bas de la falaise et qui passe par-dessus la cime des grands pins.

15

À l'entrée de Silvio dans la grotte, les Cosentino se sont dressés, surpris, apeurés. Une rencontre, par ce temps, à cet endroit, est saugrenue. Ils sont dans l'expectative. Silvio va les rassurer.

— Je m'appelle Silvio, je suis désolé. On est obligés de partager cet abri. Le temps que la tempête se calme.

L'homme a parlé le premier.

— Silvio ? Tu es le Silvio de Natalina ? On est montés chercher Luisa ! C'est ma fille ! Je suis Achille Cosentino.

La femme a enchaîné.

— Je suis sa mère, Magda !

Silvio a devant lui les parents de Luisa. Il fait quelques pas vers eux. Il ne distingue pas leurs traits, seulement leurs profils sombres, immobiles. Une torsade de fumée s'enroule le long de la paroi et se déroule en s'épaississant au creux de la grotte. L'ermite avait installé un système d'évacuation, mais il doit être encombré ou bouché.

Depuis quand sont-ils là ? Il faut réagir, arrêter le feu. Silvio s'élance et piétine branchettes et braises, encourageant le couple à l'imiter.

La fumée a lancé un dernier assaut et reflue vers la sortie. La vue s'éclaircit.

Le père de Luisa, Achille, est voûté, il se tient les hanches, Silvio ne sait pas si c'est dû à l'effort ou à une courbature permanente. L'homme garde les yeux plissés, les joues, les lèvres, tout est crispé. Là encore, est-ce son visage habituel ? Il parle vite, comme pour détourner son attention.

— Merci ! Je crois que si tu n'étais pas arrivé, on se serait endormis.

La mère de Luisa, Magda, est aussi mince que son époux. Elle est beaucoup plus jeune. Elle se tient bien droite et croise les bras. Par contre, ses yeux sont larmoyants… La fumée ? Elle toussote et souffle :

— Ça aurait été aussi bien. Assieds-toi avec nous, Silvio. Est-ce que tu veux un morceau de fromage ?

Silvio ne retient pas un éclat de rire qui se transforme en toux parce que la fumée a irrité sa gorge.

Magda s'est précipitée. Silvio l'arrête d'un geste pour la tranquilliser.

— Non, non ! Merci ! Pas de fromage. Je vais me contenter de boire.

Silvio se dirige vers la source. Il se souvient d'un automne où l'eau sortait d'entre les pierres à plusieurs endroits. L'ermite marchait, les pieds nus, sur le sol détrempé, insensible au froid, à l'humidité. Patauger dans la boue ne le dérangeait en rien. Il ne manifestait que de l'indifférence. Une indifférence qui décourageait quiconque de l'approcher. Pourtant, à chaque visite de Silvio accompagné de Libero, il n'hésitait pas à flatter l'animal. Silvio soupire, le débit de la source est régulier. Il a bu. Il revient vers les parents de Luisa et s'assied à côté d'eux.

— Comment va ta mère ?

C'est Magda qui a posé la question. À la réponse laconique de Silvio : « Bien, merci », elle a tiqué et il n'y a plus d'autres demandes, de sa part, en tout cas. Achille a pris le relais.

— J'ai appris que Natalina et toi étiez les voisins de Luisa. Comment elle s'est débrouillée ?

Silvio est embarrassé. Il aimerait dire que Luisa s'en sort très bien sans eux et qu'il sera toujours là pour elle. Il déglutit et lance :

— Ben, elle se débrouille comme elle peut. Seule au cabanon... Sans électricité. Et le mauvais temps compliquera les choses...

Il ne regrette pas ses propos, bien qu'il aurait préféré une autre vérité...

La réaction d'Achille est immédiate.

— On la ramène à la maison. Où est-ce que tu habites, au juste ?

— À la bergerie, après la cascade Salino.

— La bergerie de Mauro ?

— C'est là que je suis né !

Achille a baissé la tête, il a soufflé « mon Dieu », il a soupiré et il s'est tu. Magda a expliqué son émotion.

— Mauro était le chef de leur groupe pendant la Résistance. Il se faisait appeler Barba Nera...

Son regard s'est posé sur la boucle d'oreille que porte Silvio, elle a souri. Il a souri aussi. Le *nonno* Mauro lui a tant de fois raconté le temps de guerre, le temps des partisans. Il lui a appris les deux versions de *Bella Ciao*. Celle des rizières et celle des résistants antifascistes. Silvio les fredonne encore parfois. Il connaît toutes les missions clandestines de Barba Nera et de ses compagnons qui ont contribué au départ des Allemands.

« Oh, rien à voir avec ce qu'accomplissait le groupe Garibaldi, mais ce n'était pas facile. »

Et Silvio écoutait, attentif, les yeux grands ouverts ; enfant, il était persuadé que le *nonno* Mauro était le plus grand des pirates, même s'il avait perdu sa boucle d'oreille. Longtemps, Silvio a cru qu'il disait vrai, il a cherché cette boucle d'oreille dans la forêt pour la lui rapporter… Et puis un jour, le *nonno* Mauro est revenu de Grotteria avec un écrin, à l'intérieur : une boucle d'oreille, un tout petit anneau en or, très fin. « Je l'ai retrouvée et je t'en fais cadeau. Tu la garderas en souvenir. » Silvio a exigé de la porter, pour être pirate comme son *nonno*. Il ne l'a jamais retirée et personne ne lui a jamais proposé de le faire, pas même à l'école. Le privilège d'être le petit-fils de Barba Nera.

Encouragée par ce large sourire, Magda a repris.

— À son enterrement, qu'est-ce qu'il y avait comme monde ! Achille et moi, on suivait le corbillard et on se demandait tous qui était cette jeune femme qui soutenait la veuve. On n'aurait jamais pensé à Natalina ! Et ce grand garçon qui pleurait, c'était toi… Si on avait su…

Silvio hausse les sourcils et réprime un regain de colère, d'amertume. Il ne dira pas « Et vous auriez régi de quelle manière ? Vous auriez réclamé justice ? Pfff… Grâce à votre lâcheté, on a été heureux, figurez-vous ! Je ne pouvais pas avoir de meilleur *nonno* !

Des grands-parents comme les miens, ça aide pour le restant de la vie, on aimerait qu'ils soient immortels. » Silvio a remarqué les larmes du père de Luisa, il s'est détourné. Le *nonno* Mauro parlait souvent d'un de ses compagnons, un jeune orphelin qui prenait trop de risques et qu'il devait protéger. Il y était très attaché. Est-ce que ce pourrait être cet homme qui laisse aller les larmes sans pudeur ? Le père de Luisa ?

Un silence de chagrin s'est installé dans la grotte.

Le vent aussi a fait silence. La pluie s'est arrêtée. Silvio s'est levé. Achille, toujours assis, demande :

— Est-ce que Luisa a expliqué à ta mère et à toi ce qui s'était passé, pourquoi elle est venue au cabanon ?

— Non, mais je le sais. Par Ignacio Mazetti, avant l'arrivée des carabiniers. Il dit avoir vengé son honneur. Il a reçu trois cent mille lires pour ça.

Silvio a parlé d'un ton narquois. Magda a sursauté et elle bafouille une prière, les mains jointes. Achille se lève, il ne tente pas de se justifier, il expose les événements tels qu'ils se sont produits.

— Ignacio traînait dans le village depuis quelques jours. Il posait des tas de questions sur le Baron. Il ne les posait pas à n'importe qui, ces questions. Il s'adressait uniquement à des gens comme lui, des traîne-misère. Un soir, Gian Carlo est venu me trouver, chez moi, pour me dire : « Tu vois, Cosentino, cet homme-là qui rôde dans les campagnes, cet Ignacio Mazetti, il sort de dix ans de prison pour complicité d'enlèvement. Il vient de Polistena et il veut régler son compte au Baron pour venger la mort de sa sœur. Mais il n'a pas un sou. On pourrait lui donner un petit quelque chose histoire de le dépanner. Il pourrait faire d'une pierre deux coups ! » C'est pas moi qui ai eu l'idée de la collecte. Ce n'est pas moi non plus qui l'ai organisée. J'ai même refusé d'y participer.

Magda a repris la parole et les répliques s'enchaînent. Ils parlent vite, chacun à leur tour.

— La collecte a rapporté une grosse somme. On nous raconté que lorsqu'il a vu l'argent, il a dit : « Merci pour ma petite Elvira. Avec cette somme, je vais me faire le diable et toute sa famille. Pour ma sœur, pour la petite Luisa, et pour toutes celles d'avant. Il n'y en aura plus après ! »

— On ne sait pas comment, mais il avait appris beaucoup de choses sur le village, sur nous. Et puis, il a disparu. Pendant trois jours. On a cru qu'il nous avait escroqués, qu'il était parti avec l'argent. On était quelques-uns à penser que ça valait mieux…

— Il était allé acheter un fusil et un caveau. Il avait réglé le transfert des os de tous les siens. Il a dit : « Elvira repose avec la famille. Dix-sept ans que j'attends ça ! » Et le lendemain, le Baron a été abattu.

— Ignacio Mazetti s'est enfui. Il comptait rejoindre Polistena, je l'ai entendu le répéter plusieurs fois.

Silvio est ému, troublé. Il refuse de les écouter davantage. Il se tenait face à eux et voilà qu'il leur tourne le dos et sort de la grotte. Il s'éloigne, s'arrête, revient sur ses pas.

— On doit profiter de l'accalmie ! Luisa attend à la bergerie avec ma mère. Il faut arriver avant la nuit.

À cet instant, Silvio comprend qu'il vient d'offrir aux parents de Luisa une chance de la récupérer. Il est certain qu'elle n'attend que ça, puisqu'elle l'a rejeté. « Elle va retourner au village. Ma mère va rejoindre Antonio, et moi… moi… je vais retrouver ma forêt ! »

16

L'après-midi a passé très vite à la bergerie. Pour tromper l'attente et résister au pessimisme, Luisa et Nina ont multiplié les occupations. Puisqu'il ne pleuvait plus, elles ont nettoyé le baraquement aux poules. Elles ont ramassé les œufs, les gros et les petits, et les ont installés dans les corbeilles en lames de châtaignier que Luisa a trouvées très belles.

— C'est Antonio qui les a tressées. C'est lui qui choisissait les pousses ou les branches à tailler. Son père lui avait transmis les techniques et Silvio a appris à son tour. Lui préférait les paniers ronds. On aimait bien, avec Mauro et Paola, les regarder travailler.

Et Nina a devancé la question de Luisa.

— Ils n'ont pas continué. Pour que ça devienne rentable, il fallait une plantation de châtaigniers, du vrai matériel. Antonio, en revanche, n'a pas su s'occuper des moutons, la tonte surtout. Mauro a bien essayé de lui apprendre. Il ne l'a jamais avoué, mais je crois qu'il avait peur de blesser les bêtes. Il s'attachait à elles. Un jour, une brebis a mis bas au pied du muret. L'agneau à peine né a été mordu par une vipère. Mauro a dû l'abattre. Antonio et Silvio en ont été malades, l'un comme l'autre. Tu vois, Silvio n'est pas le fils d'Antonio, et pourtant il lui ressemble tellement...

Luisa n'a pas osé lui demander comment ils s'étaient rencontrés, Antonio et elle. Cette fois, Nina est passée à autre chose.

— Aide-moi à faire le pain !

Après le pétrissage, Nina a allumé le four, Luisa a façonné les pâtons. Elles ont préparé une omelette au parmesan et aux oignons, une belle frittata. Lorsque l'obscurité du soir a gagné le plateau, les deux femmes n'avaient pas mangé, elles attendaient toujours. De temps en temps, Nina sortait, guettait, tendait l'oreille. Luisa allait se poster à la fenêtre. Puis, chagrinées, l'attente déçue, elles se sont attablées et, d'un coup, la porte s'est ouverte. Nina s'est jetée sur son fils qui n'arrivait pas à avancer tant l'embrassade était chaleureuse. Luisa riait. Le rire n'a pas duré longtemps. Silvio n'était pas seul ; derrière lui, elle découvrait son père, le chapeau à la main, et sa mère, les bras serrés contre sa poitrine.

Nina n'hésite pas longtemps. Entre l'enthousiasme des retrouvailles et la surprise de découvrir les compagnons de son fils, elle choisit la joie et, après les présentations d'usage, les invite bien volontiers à entrer.

Luisa, elle, est encore indécise… Compassion pour ses parents qui visiblement sont à bout de force et d'émotions ? Froideur ? Elle opte finalement pour la réserve. Si elle se laisse enlacer par sa mère tout en restant les bras ballants, elle recule à l'approche du père qui n'insiste pas. Silvio la salue d'un sourire, un sourire gêné auquel elle ne répond pas.

Elle a très peu mangé, le minimum qui garantisse de ne pas attirer l'attention. Elle n'a pas parlé du tout, juste un hochement de tête pour un oui, un hochement de tête pour un non. De toute façon, on ne lui a pas demandé grand-chose. « Tu ne prends qu'un beignet ? Tu ne veux pas un peu de vin ? Tu peux me passer le pain ? »

Silvio lui lance des regards soucieux, mais elle les évite et garde la tête baissée. Nina fixe son fils qui raconte son interrogatoire. Les parents de Luisa ne regardent que leurs assiettes. À la fin du repas, Luisa dit avoir besoin d'air frais et se permet de sortir, et ce n'est pas un prétexte.

Elle est restée un petit moment devant la porte fermée. Et puis elle s'éloigne de quelques pas. Espère-t-elle que Silvio la suive ? Ou que sa mère qui semblait si affectée la rejoigne ?

La pleine lune donne au ciel une couleur cendrée. Il n'y a aucun nuage. L'air est frais. Luisa a resserré le châle sur ses épaules.

Là, sur le plateau figé dans une nuit sereine, elle vient de capituler.

Elle suivra ses parents puisqu'il est impossible de passer l'hiver au cabanon.

Mais sa détermination reste entière. Dès qu'elle se retrouvera à la maison, elle écrira une lettre à Enzo, un appel au secours. Elle tiendra tête à ses parents et refusera de sortir jusqu'à ce que son frère réponde. Une petite graine d'espérance qu'il ne faut pas laisser sécher.

Pendant ce temps, dans la cuisine, ils parlent d'elle. Achille Cosentino explique :

— On s'est mis d'accord avec Magda. J'ai prévenu son frère Enzo qui est à Toronto. Il a proposé que l'argent qu'il nous envoyait soit donné à sa sœur pour le voyage. Elle pourra vivre chez lui, si elle en a l'intention. Mon petit bout de terre suffira bien pour Magda et moi.

— Moi, j'ai écrit à une cousine qui a émigré à Milan et qui accepte de la recevoir. Je me suis contentée d'inventer une volonté d'immigrer, pour le travail. Ce n'est pas ce qui manque là-haut. Ce n'est pas si loin, Milan.

Silvio suivait la discussion sans y participer. Il n'avait rien à dire. Pendant le trajet de la grotte à la bergerie, Magda avait parlé de la rumeur : « On est allé trop vite, trop loin avec cette histoire. Quoi qu'il se soit passé, on soutiendra Luisa ! » et Achille avait ajouté : « Je suis responsable de cet emballement. Tout est ma faute. Je traînerai ce remords toute ma vie, un de plus… »

Ce n'était pas la culpabilité d'Achille, ses regrets, son accablement qui avaient troublé Silvio, mais bien l'attitude de Luisa à son égard. Elle l'avait repoussé sans autre motif que la répulsion. Les regards, les rires sont trompeurs…

Le regard de Nina va de Magda à Achille et s'attarde sur Silvio qu'elle trouve bien pâle. Elle toussote avant de demander :

— Et si elle refuse de repartir avec vous, de retourner au village provisoirement ?

Silvio s'est levé d'un bond et s'est posté à la fenêtre. Il fallait s'assurer que Luisa ne s'était pas éloignée. Une nouvelle fugue en pleine nuit ? Elle est recroquevillée, elle tape des pieds par terre. Elle lutte, pas seulement contre le froid, mais elle est toujours visible. Il ne la quitte pas des yeux.

Achille Cosentino a répondu très vite :

— Je dois la raisonner, je ne pourrais pas supporter son suicide, parce que c'est un suicide de passer l'hiver seule à l'Abito. Mais je ne l'obligerai pas à nous suivre. Magda est d'accord. Je resterai avec elle au cabanon, si elle accepte. Sinon.... Je ne sais pas quoi faire d'autre !

Nina s'est levée, elle croise, décroise ses doigts, cherche vainement à attirer l'attention de Silvio. Il est planté devant la fenêtre, comme s'il était devenu sourd. Elle se rassoit.

— Bon, écoutez ! Je vous proposerais bien de l'héberger cet hiver, mais ce ne serait pas convenable. Vous comprenez !

Tous les regards se fixent sur Silvio qui s'est tourné vers la table, hébété. Le visage de Magda a pâli, les joues d'Achille se sont creusées. Pourtant, il parvient à énoncer ces quelques paroles.

— Natalina, explique-toi !

— Vous savez très bien ce que je veux dire. Il ne se passera rien de répréhensible, et ça, vous n'avez pas à en douter... Du moins, j'espère que vous...

C'en est trop pour Silvio. Il file droit sur eux. Il est debout ! Les poings serrés sur la table.

— *Mamma* ! S'il te plaît, tais-toi !

Nina a poussé un long soupir de soulagement. Enfin, il a pris la parole ! Elle ignore ce qu'il a l'intention d'annoncer, mais il a réagi.

— Ce qui est inconvenant, c'est de parler sans Luisa. Achille, pardonnez-moi si je vous offense, mais votre fille est dehors. Ayez le courage d'aller la retrouver ! Il paraît que vous n'en manquiez pas, pendant la guerre. Dites-lui ce qu'un père dit à son enfant : « Je sais que tu m'en veux. C'est difficile. Mais sache que je suis fier de toi, qu'un père est toujours fier de son enfant. Ça s'appelle l'amour paternel ! »

Nina a ses mains sur sa bouche et a fermé les yeux. Elle ne s'attendait pas à ça. Silvio est en train de répéter les paroles qu'il a entendues d'Antonio lorsqu'il était enfant. Il utilise les mêmes mots, avec la même voix. Elle revoit la scène. Paola, déjà bien affaiblie, qui ne pouvait se tenir droite sans l'aide d'une canne, soufflait comme après une course. Mauro la soutenait. Antonio n'osait plus bouger, lui aussi restait debout. Silvio se trouvait devant la cheminée. Ils étaient rassemblés tous les cinq dans la cuisine quand Nina s'était décidée à parler.

Pourquoi avait-elle renoncé à mentir plus longtemps ? Et pourquoi avait-elle choisi ce jour-là ? Ce moment-là ? Parce qu'Antonio venait d'annoncer la date de son départ pour Milan et Silvio s'était fâché contre lui : « Tu n'es pas un bon père ! Tu pars ! » Il avait remarqué la résignation dans le sourire de Mauro, dans le regard de Paola et de sa mère, elle avait les épaules rentrées, le visage fermé, les yeux qu'elle ne parvenait pas à ouvrir franchement. Tout ça n'était pas bon. Les enfants savent discerner dans les attitudes des adultes, au-delà de leurs paroles, la gravité d'une situation. Il avait reconnu le fatalisme, la tristesse après la vente des derniers moutons et la décision des grands-parents de s'installer à Grotteria. Selon Silvio, ce n'était pas un départ qu'Antonio prévoyait, mais bel et bien une désertion, un abandon. Et, outrepassant le devoir de respect, il avait crié : « Tu vas encore nous quitter, tu as déjà laissé maman une fois. Tu aurais dû être là quand je suis né ! Tu es revenu quand tu as voulu et cette fois tu pars encore ! Tu es un père indigne ! »

Antonio avait accusé le coup sans piper mot. Mauro et Paola étaient figés. Nina les avait regardés à tour de rôle, elle avait murmuré : « Je dois lui dire la vérité. » Elle avait d'abord caressé ses cheveux et avait déclaré : « Tu es grand, maintenant, Silvio, tu dois savoir. »

Silvio avait écouté jusqu'au bout et il s'était enfui. Antonio avait couru à sa recherche, il l'avait trouvé devant le baraquement, allongé par terre, à plat ventre. Il ne pleurait pas, il agitait ses bras et ses jambes comme quand il apprenait à nager dans la vasque du Salino. Antonio s'était assis près de lui, silencieux jusqu'à ce que Silvio le regarde. Plus tard, ils étaient retournés dans la cuisine, Antonio le tenait par l'épaule. « Écoute-moi ! Devant ta mère, avec Mauro et Paola comme témoins ! L'affection que je te porte et celle que tu me donnes, c'est l'échange du père au fils et du fils au père. Tu es triste, je comprends que c'est difficile. Mais tu dois savoir que je suis fier de toi, qu'un père est toujours fier de son enfant. Ça s'appelle l'amour paternel ! »

Alors, Silvio s'était détaché d'Antonio pour s'approcher de Nina : « *Mamma*, je ne peux pas avoir deux pères, je choisis Antonio, parce qu'il a l'amour paternel, et je tuerai l'autre. » Puis il avait enlacé Paola : « *Nonna*, ma petite *nonna* chérie. » Mauro, lui, a eu droit à : « Je suivrai ton exemple, *nonno*, je te promets, je te ressemble déjà, et je porterai toujours la boucle d'oreille ! »

Silvio était devenu adulte d'un coup, ce jour-là.

Maintenant, Nina le regarde sans mélancolie. Elle ne voit pas Achille Cosentino quitter la cuisine et sortir, mais elle entend Magda.

— Silvio, tu es amoureux de Luisa, n'est-ce pas ?

— Ce n'est pas réciproque. Elle n'est pas faite pour vivre à la bergerie.

17

Luisa est accoudée à la rambarde du balcon, au premier étage de la maison Cosentino.

Les roulements de tambours répétés se rapprochent, devançant la procession. Les enfants crient et accourent. Les voisins sortent sur le pas de la porte, tous endimanchés, ils s'interpellent, ils s'égosillent vainement. Le rythme des tambours s'accélère, le son des percussions augmente. Ça y est, une foule déferle à l'angle de la rue. Un amalgame de tee-shirts bigarrés, de robes colorées, de pantalons longs, courts, de têtes blanches, bouclées, blondes et brunes, de paires de lunettes de vue, de soleil. Et voilà la statue du saint, arrimée à une planche, qui surplombe la multitude. Le socle que les épaules des six hommes stabilisent tant bien que mal. Luisa se penche, elle essaie de distinguer dans l'essaim bruyant son frère Enzo et sa jeune compagne, Mary, qui n'est pas habituée à ce genre de manifestation ; tout ce qu'elle voit, tout ce tintamarre qu'elle entend doivent la déconcerter. C'est ce que retiennent les touristes et les journalistes : « Curieux, surprenant ! » Ils parlent de religiosité populaire traditionnelle, folklorique. La fête de San Nicodemo est devenue l'attraction majeure de la région.

Luisa vient d'apercevoir le couple, ils ont levé les yeux et l'ont appelée d'un signe de la main pour qu'elle les rejoigne. Elle a décliné gentiment, d'un hochement de tête et d'un sourire. Le bruit aurait couvert la voix. Autant Luisa les accompagne avec plaisir à la plage, à la découverte de sites caractéristiques, jusqu'en Sicile, sur les pentes de l'Etna, autant elle refuse de s'associer à la liesse dévote. Après les repas du soir, elle est avec eux pour la *passegiata,* la promenade sur la place Garibaldi. L'occasion de déguster une glace ou une granita. L'occasion de « prendre le frais » avant les nuits de canicule, suivant une tradition estivale.

Mary, qui s'exprime très bien en italien, laisse parfois échapper des mots de chez elle. Quand Enzo sert de guide pour la visite du village, elle répète : « *Nice, it's nice* » ; quand Enzo lui propose de déguster les plats typiques comme *lo stocco alla mammolese*, la ricotta, elle dit : « *So good!* » Bien entendu, elle traduit immédiatement, mais ce n'est pas utile. L'expression du visage, les gestes suffisent en général à la communication élémentaire.

Le retour d'Enzo était tant attendu, même s'il n'est pas définitif, même s'il n'est pas venu seul! Les Cosentino s'étaient préparés à l'accueillir depuis plusieurs mois. Juste une appréhension de rencontrer Mary, qu'ils n'avaient vue qu'en photo. Il s'agissait de bien la recevoir et ça a été le chambardement.

Pour la chambre, d'abord : le « Nous dormons ensemble » a provoqué une contrariété, mais comme Enzo menaçait de s'installer à l'hôtel et « puisqu'ils vont se marier », les parents ont laissé leur chambre et ont convenu de dormir chez le *nonno*. L'absence des parents de « la fiancée du fils » a suscité de la déception et puis un soulagement « parce qu'il aurait fallu acheter un lit supplémentaire et on n'aurait pas su où le mettre ». Ensuite, des travaux ont été effectués dans la salle de bains pour « la moderniser ». Une belle somme d'argent avait été envoyée avant le télégramme. Enzo jouissait d'un très bon salaire, il était devenu menuisier ébéniste dans l'établissement du père de Mary, un descendant d'immigré calabrais. Et c'est à l'occasion du « pot de fin d'année » à l'entreprise qu'il avait connu « sa fiancée ». Les parents « ont été ravis d'avoir Enzo pour gendre ». Et les

Cosentino ont été ravis que leur fils soit accepté. Bien sûr, tout cela n'a pas été expliqué dans le télégramme annonçant leur arrivée, le 7 août 1965, mais dans les lettres écrites les unes après les autres, comme les épisodes de la nouvelle vie d'Enzo, suivis avec attention, surprise et enthousiasme.

Mary se dit ravie d'être « au pays de ses ancêtres ». Tout lui convient. Bien entendu, elle ne vivrait pas ici, mais « revenir aux prochaines vacances, pourquoi pas ? Nous resterons plus longtemps. Les jours passent trop vite. » Est-ce qu'elle est jolie parce qu'elle sourit beaucoup ? Lorsqu'elle marche dans la rue au bras de son frère, les regards des voisins sont plus curieux qu'admiratifs. Est-ce qu'elle est jolie ? Elle l'est sûrement, si on en croit la façon qu'a Enzo de la contempler.

La procession s'est remise en branle, Luisa les a perdus de vue. Elle descend dans sa chambre finir sa valise. Frère et sœur partent demain. Enzo pour Toronto, Luisa pour Milan. Là où elle vit et travaille depuis presque deux ans. Gilda, la cousine de sa mère, l'héberge dans sa loge de concierge, au rez-de-chaussée d'un immeuble de six appartements, dans le quartier cossu de Corso Como.

Enzo vient d'entrer, il a laissé Mary avec Magda qui l'attendait devant la porte. Les deux femmes ont prévu de faire un tour au marché, au bas du village. Les parents de Mary lui ont demandé de rapporter quelques souvenirs. Achille Cosentino a profité de cette occasion pour parler à Enzo. Depuis son arrivée, le père et le fils n'ont pas eu de vrais tête-à-tête. Luisa les entend.

— Alors Enzo, ce mariage ? Quand comptez-vous célébrer les noces ?

Il doit avoir haussé les épaules ou quelque chose comme ça, parce que le père a insisté :

— Enzo, je suis sérieux, tu y as réfléchi, quand même ?

— Oui, bien entendu. On y pense. Peut-être l'année prochaine.

Il y a un silence. Enzo a repris :

— Je vais être franc, papa ! Toute la famille de Mary vit là-bas. Deux frères, deux tantes, trois oncles et les cousins, les… Ils sont nombreux. Le mariage se fera à Toronto. Vous viendrez en avion.

Un nouveau silence.

— Je sais, le voyage est long, c'est cher, mais je ne vois pas d'autre solution.

Le père parle calmement, comme s'il s'était entraîné à la réplique

— Qui te conduira à l'autel à la place de ta mère ? Moi, quand je me suis marié, c'est une cousine de ton *nonno* qui a rempli ce devoir. Est-ce que ce sera une tante de Mary pour toi ?

— Il faut prendre l'avion ! Tu dois comprendre que…

— Je comprends, Enzo ! Ta mère peut comprendre aussi. Mais toi, Enzo, est-ce que tu comprends ce que tu nous demandes ? Tu le sais qu'on ne prendra pas l'avion. Tu le sais qu'on n'assistera pas au mariage de notre fils.

— Ça n'est pas important. On reviendra et on organisera une cérémonie au village, pendant les vacances. Dès que ça sera possible ! Je m'en occupe !

— Et les parents de Mary vous accompagneront ? Chez nous ? Ou ce n'est pas important que les deux familles se rencontrent... Peut-être bien qu'il n'y a plus qu'une seule famille... Et qu'elle n'est pas ici...

Cette fois-ci, le silence dure trop longtemps. Luisa se décide à intervenir. Elle appelle « Enzo, Enzo, tu es là ? Y a quelqu'un en bas ? J'ai besoin d'aide ! »

Luisa a entendu « J'arrive » et puis la porte de l'entrée qu'on claque. Le père est sorti.

Enzo a grimpé les escaliers et souffle :

— Merci, Luisa, tu m'as sauvé ! Tu dois les raisonner, les convaincre. Ils sont en bonne santé. Ce ne sont pas des vieillards. Ils peuvent prendre l'avion, tout de même ! Il n'y a pas d'autre solution. Moi aussi je préférerais que ce soit la *Mamma* qui me conduise...

Luisa observe son frère. Il est sincèrement affecté.

— Je ne crois pas que ce soit à cause de l'avion. Il y a le *nonno*. Au fait, pense à le saluer avant de repartir.

Il a tiqué, froncé les sourcils et a dévisagé sa sœur comme s'il la découvrait.

— Ouais, tu as raison… je… je vais faire ça maintenant, parce qu'on n'aura pas le temps demain. Est-ce qu'on se dit au revoir ce soir ? Je sais que ton train part à onze heures. Est-ce que ça se passe toujours bien pour toi, à Milan ?

Luisa a eu un hochement de tête accompagné d'un sourire, Enzo y a répondu par un « tant mieux » et il a tourné les talons et dévalé les escaliers, mais il n'a pas claqué la porte en sortant.

Le seul coupable, c'est l'océan. Le fils sur une rive, le père sur une autre. Le fils à un bout du monde, le père à l'autre bout, et entre eux la mer immense qui dissout les attaches familiales et désagrège l'histoire commune.

Il n'y a pas que l'océan qui engloutit les racines, la ville a la même puissance. Le chant de la ville est cacophonique, dans le bruit des engins de chantier, les téléviseurs et les radios à plein volume, les pensées se délayent. Et le soir, de cet abîme sonore, monte une houle de lumières, les clignotements des enseignes et l'éclairage des panneaux publicitaires qui hachurent le sommeil. Le matin, tout recommence, la ville où chacun va pour soi dans la vague des employés, des ouvriers, qui déferle de la gare vers les usines et les magasins. Tous essaient de naviguer entre travail et rêves, sans se parler, il faut éviter les récifs et atteindre la terre ferme. Cette terre promise par le miracle économique où l'abondance des biens matériels change le style de vie. Dans les rues du centre-ville, le jour de repos hebdomadaire, ils sont facilement identifiables ceux qui surnagent et ceux qui ont réussi à accoster. Si tous s'arrêtent un moment devant les vitrines attrayantes, les premiers finissent par passer leur chemin tandis que les seconds entrent dans les boutiques. Luisa fait partie des premiers, tout comme la cousine Gilda qui ne se plaint jamais, bien au contraire. Abandonnée par son mari, parti refaire sa vie du côté de Pavie, elle a la fierté de se débrouiller seule, chichement, mais sans plus dépendre d'un homme. C'est ce qu'elle avait dit à Luisa le premier jour de son arrivée :

— Il n'y a que l'émancipation qui puisse sauver les femmes. Tu vas assister aux cours du soir, ils sont gratuits. C'est une camarade qui gère ça bénévolement. Tu seras une des meilleures élèves de l'Éducation parallèle. Tu vas apprendre un vrai métier, tu vas aller au cinéma, au théâtre pour te cultiver. Tu deviendras autonome.

Luisa travaille à la Standa, *via* Torino. Chaque jour, elle effectue un trajet d'une heure, à pied. Au retour, elle partage avec la cousine Gilda les charges de la conciergerie, le repassage surtout, même si ce n'est pas une obligation. Il n'y a aucune contrepartie à son hébergement, juste le plaisir d'avoir une compagnie et de prodiguer des recommandations.

La cousine Gilda est de bon conseil. Luisa a suivi assidûment les cours du soir jusqu'à ce qu'une décision de justice condamne la *maestra* Nella Oralema à fermer le local et suspendre ses activités. Elle lit des romans, elle va régulièrement au cinéma… avec Gilda qui lui répète :

— Maintenant, tu devrais sortir sans moi ! Là où la jeunesse se groupe !

— Tu me vois au cinéma ou en balade au parc, ou m'installer seule à une table de bar parce que c'est là où je peux trouver ceux de mon âge ! Tu sais très bien ce qu'on pourrait imaginer !

— Mais enfin, Luisa, tu peux toujours t'offrir une glace. On est à Milan, n'importe qui peut entrer dans un bar et acheter un *cornetto* !

— Oh ! Ça, c'est facile, mais ça ne permet pas des rencontres, juste des croisements. Et au travail, on n'ouvre aucune relation d'amitié. On se côtoie, à peine si on se salue, les plus jeunes comme les plus vieux. Tout le monde est si absorbé ! Personne ne remarque quelqu'un, seul, occupé aux gestes courants de la vie quotidienne, même s'il est en difficulté. L'autre jour, devant la Standa, une femme a eu un malaise et il a fallu un moment avant que quelqu'un s'en aperçoive et lui propose de l'aide. Est-ce que la ville rend les personnes invisibles ?

— L'époque a inventé la mode de l'individualisme. L'indifférence pour tout, pour tous donne aux gens une grande tranquillité. Moi, je dis une servilité, mais bon… Et ça ne va pas s'arranger, on ne sait pas où on va, mais on y va…

Luisa avait frémi en entendant la réponse de Gilda qui avait sonné comme un constat. Oui, Luisa se sent fondre peu à peu dans l'ambiance citadine. Très vite, elle est devenue insensible aux bruits environnants et, très vite, elle a pris l'habitude de se rendre au travail et d'en revenir sans regarder autour d'elle.

Et alors qu'Enzo a hâte de retrouver son nouveau pays, Luisa aimerait tant se dispenser d'un retour à Milan. C'est pourtant ce qu'elle a préféré à Toronto, à cause de la distance, parce que, pendant la discussion avec ses parents à propos de son éloignement de Mammola, elle a observé le père. Ses doigts tremblaient et il essayait de maîtriser ce froncement des sourcils, ce mouvement des lèvres, comme pour s'interdire de supplier : « Pas Toronto ! »

Elle a regardé la mère ; elle, elle gardait les mains jointes et la tête baissée, prête à tout accepter. Luisa a compris, à ce moment-là précisément, qu'elle détenait le pouvoir de les accabler. Lorsqu'elle a dit : « J'irai à Milan ! », ce n'était pas un sacrifice, c'était la satisfaction d'avoir fait un choix généreux.

Et trois ans plus tard, elle craint un autre pouvoir, celui de la ville capable de disperser tous les souvenirs. La cousine Gilda ne veut pas retourner pour ses congés au village natal, parce qu'elle ne se rappelle personne, à part Magda, mais « c'est si loin, c'est du passé ». Enzo lui-même semble se détacher des lieux et des personnes tant d'années fréquentés.

Luisa, elle, a peur que ce « passé, si loin » ne devienne une part de son avenir. Parfois, dans la loge, à l'occasion d'un orage, Luisa colle son nez sur la vitre de la porte-fenêtre qui donne dans la rue et lui reviennent des images, la forêt de pins, la petite rivière, le garçon au loup.

Alors, elle s'imagine avoir une conversation avec Silvio.

« Voilà, voilà ce qui aurait dû se passer cette nuit-là à la bergerie. Je serais descendue pendant que les autres dormaient. Je me serais dirigée vers le fauteuil devant la cheminée où tu étais installé. Et, s'il avait fallu, je t'aurais réveillé. Je t'aurais demandé pourquoi tu avais conduit mes parents chez toi et j'aurais dit :

— Tu m'as trahie.

Dans un premier temps, tu te serais défendu :

— Je ne pouvais pas les abandonner.

C'était juste ! Dans un second temps, tu aurais culpabilisé :

— D'accord, j'aurais dû les amener au cabanon, d'autant que, j'en suis sûr, tu n'avais pas pensé à fermer la porte. Je sais que tu t'es précipitée dans la forêt.

Et enfin, tu aurais quitté le fauteuil. Tu es plus grand que moi et j'aurais été obligée de lever la tête. Tu aurais dit :

— Tu m'avais menti. Tu n'as jamais répondu à mes questions. Je ne pouvais pas savoir ce que tu voulais. Tu ne connaissais pas mes intentions. On n'en a jamais parlé.

À ce moment-là, je me serais mise en colère parce que tu avais raison. Mais pas sur tout…

— Je pensais que tu aurais pu comprendre, à travers le peu de choses qu'on se disait, que l'important était nos silences. De toute façon, tu avais peur que je raconte le pourquoi de ma fuite. Avoue-le. Et moi, j'avais la hantise que tu m'expliques pourquoi tu préférais la compagnie d'un loup à celle des hommes.

Je me serais arrêtée de parler parce que tu aurais pris ma main et tu m'aurais dit :

— Luisa, si seulement tu ne m'avais pas repoussé.

Et là, ma colère aurait été encore plus grande parce que… parce que… parce que c'est comme ça !

Tu aurais ri, tu n'aurais pas lâché ma main et tu aurais chuchoté :

— Je te voyais à mes côtés, toujours. Je t'aurais proposé d'emménager à la bergerie, et peut-être que tous les deux on en aurait fait quelque chose.

Et moi, j'aurais répondu :

— Un élevage de poules, pourquoi pas ? »

Voilà la discussion qui aurait dû avoir lieu et qui n'est plus qu'un scénario imaginaire devant une vitre embuée.

Elle ne parle pas de ces images à sa mère, et encore moins à son père. Elle comptait se confier à son frère, mais elle n'a pas trouvé le bon moment pour ça. Elle n'a plus de contacts avec Nina, en dehors des cartes de vœux du Nouvel An, bien qu'elles aient promis de s'écrire… Pas davantage de contact avec Rita qui a déménagé à Reggio. Ne lui reste que la cousine Gilda… Sera-t-elle une interlocutrice attentive ? Gilda, pourtant si volubile sur son militantisme, s'est toujours montrée bien silencieuse à propos de sa jeunesse. Un épisode de sa vie qu'elle a mis de côté. Luisa ne connaît pas davantage l'histoire de sa mère. Elle ne l'a jamais entendue raconter son enfance. Luisa ne l'a jamais questionnée. La *nonna* Michelina ne parlait pas non plus de sa fille. Il n'y avait pas cette curiosité de savoir ni cette envie de partager les souvenirs personnels. Comme si l'existence de chacune ne débutait que dans le temps présent… aujourd'hui, plus tard, jamais avant. Réserve ? Retenue ?

On lui a appris à tenir sa place dans la structure du monde familial. Luisa a désorganisé ce monde. Elle n'est pas la seule, son frère l'avait déjà bousculé. Instinct de survie ? Demain, tous deux salueront les parents, ils se sépareront et pour l'un comme pour l'autre de nouveaux souvenirs s'engrangeront. Est-ce qu'ils seront partagés, ceux-là ? Qui osera s'en saisir ? Toutes ces mémoires différentes, tuées ou ignorées, seront-elles définitivement perdues ?

Trop tard ? Les expériences de vie sont gaspillées si elles restent secrètes…

Luisa est assise sur le lit. Elle entend les voix de sa mère et de Mary. Elles sont rentrées. Luisa devrait descendre, aider à préparer le repas, mais elle ne bouge pas, le regard fixé sur cette valise fermée. Combien de temps se tient-elle plantée là, figée comme si elle espérait un événement capable de la surprendre ? Attendait-elle que le bagage s'ouvre de lui-même et délivre un quelconque message ?

Et puis l'appel :

— Luisa ! Tu es dans la chambre ? Qu'est-ce que tu fabriques ?

Luisa a sursauté. Elle sourit, réveillée de son apathie par le parfum appétissant de sauce tomate.

— Je descends, j'arrive !

Dans la petite cuisine de la maison Cosentino, la table est mise. Le père vient d'entrer suivi d'Enzo. Luisa, qui a repris ses esprits, lance les pâtes dans l'eau bouillante.

18

Sylvio est adossé contre un des rochers moussus qui bordent le chemin de terre, aux abords de la cascade du Salino. Il attend le fils du Baron, « l'autre », celui qui se nomme Emilio, celui qui a souhaité lui parler.

Deux mois plus tôt, lorsque le facteur s'est présenté à la bergerie, Silvio a tout de suite pensé à un courrier administratif, judiciaire, que l'on remet au destinataire après une signature, mais il s'est contenté de lui tendre la lettre. Pendant quelques secondes, Silvio a imaginé que Luisa aurait pu lui écrire… Un court instant d'espérance, de divagation… Avant de découvrir, d'abord le nom de l'expéditeur, Emilio Boscoli, le fils du Baron, ensuite, l'enveloppe décachetée, trois lignes sur un quart de feuille blanche :

« Silvio, je te prie, je vous prie de me recevoir, de m'entendre. Je serai à Mammola en août pour quelques jours. Si tu, si vous autorisez une rencontre, réponds, répondez à cette demande. Sinon, je n'insisterai pas, je comprendrai.

Emilio »

Silvio sidéré a retenu son souffle un long moment, un essaim d'images a investi son esprit, un amas confus, trépidant. Il a pleuré, ça oui, il était seul. Mais il n'est pas tombé, ventre à terre, gesticulant. Trois ans après la mort du Baron, l'objet de sa colère, de sa vengeance n'existe plus. Quelques bons événements se sont succédé qui ont fini par emporter le reliquat de rancune. Et Silvio n'a plus de haine contre personne.

Antonio est revenu au pays en septembre 1964, « puisque Nina préfère rester en bas ». Il était devenu plombier et il comptait utiliser ses compétences à droite à gauche… en attendant la construction du nouveau tronçon d'autoroute Salerno-Reggio. Antonio espère bien y trouver de l'emploi. Avec le salaire, Nina allait pouvoir développer l'élevage de poules. Silvio, lui, était inscrit sur la *lista di leva*, il n'avait pas réussi à échapper au service militaire. Bien qu'il appréhende cet intermède forcé, de ces mois loin de la forêt, il veut retenir l'avantage de l'aventure, la découverte d'un quelque part inconnu. Le temps des avenirs à imaginer était venu.

Et puis la chance a accompagné le cours des choses. C'était au dernier jour d'hiver, Silvio était descendu jusqu'à la cascade, vérifier l'état du pont après une grosse tempête. Deux arbres déracinés couchés détournaient le flux du torrent qui inondait les berges. Ce n'était pas encore le moment de s'en occuper et il remontait le sentier quand, au-dessus de lui, au sommet du talus boisé, il avait distingué un loup assis sur son derrière, la tête tendue dans sa direction. Un loup au front balafré ! Et ce loup borgne, c'était Libero. Il l'avait appelé : « Libero ! C'est toi ! Viens, Libero, viens ! » Le loup s'était redressé, il avait fait un pas en avant, Silvio répétait son nom, le cœur battait fort. Le loup avançait. C'était bien Libero. Il avait perdu un œil, pas la mémoire. Brusquement, il s'était arrêté, hésitant, il avait tourné la tête vers la forêt d'où était sorti un congénère. Une louve, la queue levée. Libero l'avait rejointe aussitôt et tous deux s'étaient enfoncés dans les taillis. Silvio avait compris : Libero avait une femelle. Peut-être avait-il décidé de la lui présenter… histoire de le rassurer, de lui montrer que la vie reprenait possession du monde. Cette rencontre, bien que brève, avait rangé et cadenassé les terribles souvenirs des années passées. Silvio avait porté la main à son oreille et caressé la boucle en souriant.

Et la lettre était arrivée. Silvio était prêt pour une rencontre. Il en avait informé sa mère et Antonio, qui l'avait mis en garde :

— Mais quelles sont ses intentions, pourquoi veut-il te voir? Se faire pardonner?

Sa mère avait dit :

— Pardonner de quoi? Un enfant n'est jamais coupable des mauvaises actions de ses parents. Fais attention à toi, tout de même. On ne sait jamais...

— Je lui donnerai rendez-vous au pont du Salino, il sera épuisé par le trajet et c'est mon domaine.

Et au matin du 14 août 1966, Silvio et Emilio se sont trouvés face à face, debout. À se dévisager en silence. Ils sont tous deux de même taille. Ce sera la seule ressemblance. Ce constat les a-t-il rassurés ou embarrassés? Emilio a ébauché une sorte de sourire entre soulagement et curiosité. L'attitude de Silvio, détendu, l'autorise à employer le tutoiement :

— Il fallait que tu saches... Toi et moi, nous n'avons rien de ce père-là... Dès que j'ai appris ton existence, je t'ai envié. Toi, tu l'as détesté à juste titre, mais moi, je l'ai aimé sans retour. De nous deux, tu as reçu la meilleure part. Nous ne serons jamais des frères. J'ai toujours voulu ignorer la malhonnêteté de mon père et la souffrance de ma mère qui en avait honte. Je crois qu'elle avait honte d'elle-même, de moi aussi d'ailleurs, je n'étais pas désiré. Après les funérailles, j'ai vu ma mère changer de jour en jour. On a parlé de toi et… j'ai voulu te rencontrer…

Emilio toussote. Silvio hoche la tête :

— Tu as le discours d'un vieux, de quelqu'un qui va mourir ! Tu es malade ?

— Non ! Je tousse à cause de la montée, je..

Silvio l'interrompt :

— Bon, j'ai apporté deux ou trois choses pour nous restaurer. Si tu as besoin d'eau, tu n'as qu'à descendre à la rivière. La pente est douce et praticable.

Il se penche, empoigne le petit balluchon qui était posé à ses pieds, le pose sur le parapet du pont et en sort une bouteille de vin, deux gobelets en terre cuite, un pain rond et un beau morceau de ricotta fumée. Il s'assied. Emilio a suivi tous ces gestes avec circonspection. Il finit par le rejoindre.

Ils sont tous deux installés côte à côte. Silvio rompt le silence :

— Sers-toi ! C'est tout ce que tu voulais dire ? C'est tout ce que je devais entendre ?

— Il reste une chose. Quand j'ai appris pour cette fille, Luisa… Jamais je n'aurais pu imaginer des conséquences à un geste aussi anodin.

Il se tait parce qu'il a remarqué un changement dans l'attitude de Silvio, un agacement faussement maîtrisé. Emilio reprend son souffle :

— Tout se sait très vite au village, j'ai annoncé à mon père que j'épouserais cette jeune fille. Il a cru qu'il s'était vraiment passé quelque chose, je ne l'ai pas détrompé, j'ai juste dit « pour arranger la situation ». Il a éclaté de rire. Un rire plus brutal qu'un coup de trique. Je n'aurai jamais d'enfant, je ne serai jamais père, j'aurais trop peur de lui ressembler…

Leurs regards se sont croisés et aucun des deux n'oubliera ces regards-là. Ils sont restés longtemps assis sur le parapet, silencieux. Face à eux, les racines moussues des hêtres effleuraient le versant pentu d'où partait l'odeur d'humus.

À chaque bruit de la forêt, Emilio sursautait et demandait :

— Ton loup s'approche ?

Et Silvio répondait :

— Non, ça, c'est un craquement de branches. On dit que l'arbre qui grandit demande à ses compagnons de lui laisser un peu d'espace.

— Ton loup ?

— Non, ça, c'est un lièvre qui détale… Non, toujours pas… Non, ça, c'est le pic noir qui cherche à picorer des larves.

— Et là ?

— Non ! Libero est plus léger dans ses déplacements. Ça, c'est peut-être mon père… Antonio, qui nous surveille… Il est temps pour toi de redescendre. Tu as peur ? Tu veux que je te raccompagne ? Jusqu'à la grotte de l'ermite, alors…

— Pas plus bas… au village ?

— Non ! Je n'ai rien à y faire…

— Après la San Nicodemo, ma mère quitte l'Italie pour l'Argentine et je l'accompagne.

— Avant ton départ, tu peux repasser me saluer. Je t'attendrai.

La nuit était tombée quand Silvio a regagné la bergerie. Nina et Antonio étaient attablés. Ils ne montraient pas d'inquiétude, de la curiosité, ça oui, mais ils ont bridé leurs questions parce que Silvio a lancé : « On ne se ressemble pas. Lui est malheureux ! »

Pendant le repas, Antonio a reparlé de l'autoroute :

— Le chantier ouvre bientôt, et je suis embauché… ainsi que Luigi ! Tous les deux, on veut fêter la bonne nouvelle. Luigi et Caterina viendront nous chercher pour aller au restaurant.

Luigi et Caterina avaient passé dix ans à Milan avant de retourner au pays, laissant là-bas leurs enfants adultes devenus milanais. Ils n'avaient pas fait fortune et Luigi, à quelques années de la retraite, vivotait de petits boulots.

Une sortie au restaurant… un événement en soi, une première ! Le monde changeait, on n'était plus au temps où seuls les riches des grandes villes, les étrangers et les émigrés qui revenaient étaler leur réussite pouvaient s'offrir ce luxe.

19

Dans la maison Cosentino, le repas se termine, les conversations s'épuisent. Après le café, Enzo a promis au père de l'accompagner à la campagne « avec Mary, bien sûr, si elle veut ! »

Luisa s'éclaircit la voix et lance :

— Comment se passaient les mariages, autrefois ?

Tous les visages se sont tournés vers elle. Le père a froncé les sourcils, Enzo a soupiré, la mère a secoué la tête et Mary a souri.

— Je veux dire… Comment papa et toi vous… enfin je veux dire… avez décidé de vous marier ?

Le sourire de Mary s'est élargi. Enzo a levé les yeux au ciel. Le père a croisé ses bras sur la table. La mère a haussé les épaules, mais elle a répondu :

— J'avais l'âge de me marier. Ton grand-père avait reçu trois demandes pour moi, il m'a laissée choisir.

Le père a décroisé les bras, a semblé hésiter et s'est tourné vers elle. La réaction n'a échappé à personne. Après un court silence, Luisa a repris :

— Papa, tu faisais partie des trois ?

Le père maîtrise son agacement, il dévisage Luisa mais depuis la fugue, les regards qu'il pose sur sa fille ont changé. Comme s'il craignait que ses paroles ne la froissent.

— Non, moi je n'avais personne pour faire ma demande ! Je ne savais pas pour les autres…

Enzo a l'air soudain très intéressé :

— Mais vous vous connaissiez ? Vous vous voyiez ? Où ça ?

La mère réplique :

— Ton père était venu à la maison réparer le toit et à la campagne pour un muret en pierre…

— Filippo m'a toujours donné du travail. J'ai rencontré ta mère comme ça, voilà !

— Il t'appréciait beaucoup. Je crois qu'il avait compris que tu me plaisais.

La remarque spontanée de la mère a surpris Enzo et Luisa. Le père a recroisé ses bras. L'aveu a déclenché un joli rire de Mary qui lance :

— C'était réciproque ?

Le père a juste hoché la tête. La mère reprend :

— Il disait qu'il n'était pas assez bien pour moi et qu'il n'oserait jamais en parler à mon père. Je l'ai obligé à le faire !

— Arrête, Magda !

Mais la mère continue :

— Finalement, votre père s'est décidé et sa demande a été acceptée, voilà !

Enzo semble ému.

— Et s'il avait refusé ?

Les réponses fusent :

— Je ne me serai jamais mariée !

— J'aurais quitté le village.

Enzo s'autorise une pique :

— Tu aurais émigré comme moi, peut-être !

Mary s'inquiète :

— Tu es parti parce qu'on t'a refusé ?

— Mais non !

Enzo rit franchement. Mary est soulagée.

Le père s'est resservi un café.

— Qu'est-ce qui se passe, Luisa ? Pourquoi tu veux savoir tout ça ? Tu as rencontré quelqu'un à Milan ?

La conversation prend une direction que Luisa n'avait pas prévue. Juste un besoin de se renseigner… son père, sa mère, les souvenirs… la mémoire. Elle est étonnée de la facilité avec laquelle ses parents ont collaboré.

— Non !

Elle a coupé court. Le regard de son père se fait insistant, mais c'est sa mère qui prend la parole :

— Tu n'es pas heureuse à Milan, n'est-ce pas ? Avec ton père, on voit bien que ça ne va pas comme il faut…

Luisa retient ses larmes.

— Je m'adapte à la vie en ville, enfin, j'essaie… Gilda est formidable, vous savez… Elle dit que je suis prête pour tenter un concours administratif. J'hésite !

Enzo a crié, un vrai cri :

— Non ! Surtout pas ! Fonce ! Et tu arrives à travailler et étudier en même temps, bravo ! Je suppose que tu n'as pas le temps de te distraire, de sortir… Tu as des amies au moins ?

Elle hoche la tête. Le père a posé ses coudes sur la table :

— Il y a trois familles de Gerace installées dans ton quartier. Les quatre frères Jaconi qui venaient vendre la bergamote au marché toutes les semaines. Un seul est resté, les trois autres, plus jeunes, ont migré en 1954 et ils ont tous les trois des filles de ton âge. Pourquoi Gilda ne te les a pas présentées ? Elle doit les connaître, pourtant. Il faut garder contact avec ceux du pays, c'est comme ça qu'on s'en sort quand on est loin.

Enzo renchérit :

— Papa a raison, quand je suis arrivé à Toronto, Tonio m'a accueilli, j'ai rejoint son groupe d'amis, ça aide.

Mary intervient :

— Oui, mais tu es un homme ! Pour Luisa, pour une femme, je comprends les difficultés…

L'étonnement de Luisa grandit, de répartie en répartie. Elle n'a jamais participé à une discussion pareille, une discussion qui roule comme une pelote de laine et dévide les échanges dans une proximité chaleureuse, sans sensiblerie, sans modération non plus.

Est-ce l'imminence de la séparation qui rend la communication impérieuse ?

Le regard de Luisa s'attarde sur sa mère qui approuve d'un signe de tête, lèvres pincées.

— Maman, pourquoi la cousine Gilda refuse de venir à Mammola ?

— La peur ! Elle ne t'a rien raconté ? Ses parents sont morts tous les deux électrocutés dans leur lit. C'est elle qui les a découverts le matin. Elle avait douze ans. Ils habitaient une masure, l'installation électrique était bien vétuste. Dans la chambre, les fils qui conduisaient à la lampe de chevet étaient dénudés. À l'époque, on ignorait ce genre de danger… Le père a dû vouloir éteindre ou allumer, je ne sais pas. Il y a eu un départ de feu, c'est l'odeur qui a alerté Gilda et heureusement parce qu'elle aurait plus brûler aussi. Après les obsèques de ses parents, elle voyait leurs fantômes partout et elle en a perdu le sommeil. Elle a failli devenir folle ! Son frère aîné a réussi à la marier. Loin de Mammola, ça s'est arrangé. Et puis elle est revenue une ou deux fois et les fantômes l'attendaient… Leur maison en ruine est toujours là, au fond du *vicolo* Miroballo. Luisa, promets-moi de garder ta langue !

Voilà ! Garder sa langue ! Quel gaspillage ! Tous ces moments de vie enterrés sous des années de silence…

Luisa hésite, l'ambiance est propice pour d'autres révélations. Va-t-elle s'obstiner à interroger ? Le père a-t-il deviné ses pensées ?

— Magda, chut ! Si Gilda n'a rien dit, c'est qu'elle ne voulait pas que Luisa sache. On ne doit pas entrer dans le passé des gens s'ils ne vous invitent pas.

Luisa se tait. Plus personne ne parle.

Il est temps de débarrasser la table et le père sort, suivi d'Enzo et Mary. Luisa croit remarquer un rapprochement inattendu père et fils, au moment de franchir la porte, Enzo s'est penché sur le père et a posé sa main sur son épaule. Est-ce une illusion d'optique ?

Dans la petite cuisine de la maison Cosentino, Luisa se retrouve seule. La rue s'est animée, un groupe de gamins bruyants s'amusent au cerceau. Trois d'entre eux font rouler un cerceau tout neuf, acheté le matin même sur un étal du marché. À partir du haut de la *via* Dante jusqu'à l'angle de la *via* Petraca où deux garçonnets tentent de l'intercepter avant qu'il ne roule et atterrisse sur la place Garibaldi.

Luisa est sortie et les observe. Ils sont capables de jouer jusqu'à la nuit tombée, à moins que le cercle de plastique ne se casse... Habituellement, les filles ne participent pas. Elles sont, comme Luisa, spectatrices, et pourtant, tout en haut de la rue, c'est bien une fillette qui a lancé le cerceau. À bien y regarder, elles sont deux !

Alors Luisa retourne dans la cuisine, empoigne une chaise et ressort pour s'asseoir et profiter de cette scène inédite. Et elle n'est pas la seule, Maria-Rosa est installée sur le pas de sa porte et parle fort pour se faire entendre :

— Ça y est, Le départ est pour demain ? Ton frère aussi s'en va, non ? N'oublie pas de saluer Gilda de ma part.

Et puis :

— Tu le savais que le fils du Baron est revenu et qu'il est monté à la bergerie de Natalina pour rencontrer Silvio ? Ou il est sacrément courageux ou il est fou !

— Qui ?

— Ben, je crois qu'ils sont courageux et fous, tous les deux... Après tout, ils sont frères, non ?

Elle est intarissable, Maria-Rosa.

— C'est le *Gobbo* qui l'a aperçu sur le sentier des Grecs. Il l'a pris pour Silvio, maigre comme l'autre *stecchino*... Et quand le *Gobbo* lui a demandé où il allait, eh ben, le fils du Baron, il a pas fait de mystères. Il a dit : « Je monte à la bergerie. » Tranquille... J'aurais aimé voir comment il a été accueilli parce que, tu le sais, hein, tu le sais qu'Antonio, le mari de Natalina, est redescendu au pays.

Maria-Rosa a traversé, profitant du passage du cerceau et a placé sa chaise à côté de celle de Luisa dont elle guette la réaction.

Luisa n'en a aucune. Le cerceau vient de dévaler la rue en spirales et bute au pied de Luisa. Elle le récupère, vise et le lance pour qu'il reprenne le mouvement, mais c'est pire, il n'a pas fait un seul tour sur lui-même et gît au sol. Les enfants crient, s'invectivent, hurlent. À qui le point ?

Luisa, penaude, rejoint sa chaise. Maria-Rosa ne l'a pas quittée des yeux.

— Tu te fiches de tout ça, hein ? Maintenant que tu es à Milan, tu as une autre histoire...

Luisa cherche à répondre... Un événement, aussi banal que le précédent, sert encore de diversion.

Adele, la femme du vacher, vient apporter les ricottas fumées que Luisa et Enzo doivent emporter. Chacune est emballée dans du papier journal.

L'occasion de se libérer de Maria-Rosa et de proposer un café à Adele.

Après les « comment ça va ? » de l'une et les « bien, bien et chez toi ? » de l'autre, le dialogue est écourté par le retour de la mère qui s'adresse à Luisa :

— Tiens, prends la ricotta pour Gilda et mets-la dans ta valise avant qu'on oublie.

Puis, se tournant vers Adele :

— Tu te rappelles ma cousine ?

Luisa n'entend pas le reste de la conversation, elle se dépêche d'aller ranger le fromage, puis, Adele partie, elle interroge sa mère :

— Maman, pourquoi tu ne m'as rien dit ? Maria-Rosa m'a raconté le retour du fils du Baron. Il a rencontré Silvio.

— Tu ne me demandes jamais des nouvelles du village, de la bergerie, de Silvio. Je pensais que... Je pensais que ça te tracasserait si je t'en parlais.

— Je veux juste savoir si tout le monde va bien.

— Oui, ne t'inquiète pas.

— Tu es sûre ?

— Ça date d'il y a deux semaines… J'ai vu de mes yeux le fils du Baron, pas plus tard qu'hier, devant la pharmacie, et ton père a rencontré Silvio au marché dimanche… Alors!

— Ah…

Luisa s'interrompt. L'histoire a continué sans elle, voilà! La cousine Gilda, Enzo ont sans doute raison : autre temps, autre lieu, autre vie! Le cerceau est tombé à ses pieds, elle n'aurait pas dû le ramasser… Sa mère reprend :

— Tu sais, dès qu'on a appris la venue de Mary, je suis allée chez la couturière faire remettre à neuf le costume de ton père et confectionner une robe pour moi. Je prévoyais une cérémonie officielle de fiançailles, mais peut-être qu'Enzo a organisé ce repas au restaurant pour annoncer son mariage. J'espère avoir suffisamment de temps pour économiser de quoi en commander une autre plus appropriée… Conduire son fils à l'autel, ça demande une tenue plus distinguée… Surtout par rapport aux parents de Mary… Mais où allons-nous les héberger? Enzo a dû y réfléchir… À l'hôtel de Gerace? J'espère que la noce n'entraînera pas de frais exagérés. J'espère qu'Enzo ne se ruinera pas, parce qu'il refuse toute participation des familles… Viens m'aider, Luisa, on va ranger le linge repassé.

La mère parle vite, la présence d'Enzo, sa réussite évidente, son mariage prochain, l'occasion de se réjouir la galvanisent.

Comment modérer son enthousiasme sans la décevoir, elle qui ne l'a pas informée des dernières nouvelles pour ne pas « la tracasser »...

— Maman, imagine que la noce se fasse à Toronto.

— Hé ben, ce sera une sacrée surprise ! Avec ton père, on n'a jamais pris l'avion !

Luisa éclate de rire, elle embrasserait sa mère... si ça se faisait...

— Il faudra le convaincre, alors !

— J'en fais mon affaire !

— Et pour le *nonno*, rassure-toi, je descendrai m'en occuper, quitte à demander un congé sans solde.

— Oh, non ! Toi, tu nous accompagneras. Tu profiteras comme nous de connaître l'Amérique... Je laisserai mon père à Maria-Rosa, elle s'est déjà proposée.

C'est donc si simple ! La quiétude, la joie sont propices aux plus grandes aventures. Leurs rires sont prolongés, bruyants. L'allégresse est mutuelle, identique bien que les motifs soient différents.

20

Dans la petite Fiat de Luigi, le bruit du moteur assourdissait tout bavardage. Sur la banquette arrière, Silvio, Nina et Catarina, coincés, résistent à l'inconfort. Il faut se cramponner dans les virages. La tête de Silvio heurte la vitre, Nina tressaute, les genoux de Caterina bondissent à chaque lacet.

La nuit est tombée, les phares éclairent l'asphalte qui semble se rétrécir ou s'élargir selon les courbes. Le trajet a duré une petite demi-heure. Ils se garent enfin et passent à pied devant l'église, seule Caterina se signe. De nombreux piétons se pressent aux abords du restaurant. Nina s'inquiète :

— Vous avez bien réservé ? Imaginez, si tout ce monde va à la pizzeria…

Caterina la rassure :

— Bien sûr que non. Ils font la *passegiata*. Tu verras, Nina, la foule en bord de mer qui déambule.

Nina est déjà allée sur la plage, mais jamais à cette heure. Elle comprend que Catarina parle d'expérience, alors, elle se tait et observe les tenues vestimentaires des passants. Elle s'attendait à un luxe ostentatoire, comme on peut remarquer à Grotteria pour certains mariages, baptêmes ou autres manifestations. Elle est à la fois déçue et satisfaite. Ils sont parvenus devant le restaurant. Un serveur en costume noir les accueille et les conduit. Ils traversent le bar et sortent côté plage où les tables sont disposées sur deux rangs, en quinconce. Presque toutes sont occupées. Celle qui leur est attribuée est face à la mer, « le meilleur des postes », a dit le serveur. Ils s'y installent. Les conversations autour d'eux leur parviennent par bribes, au gré de l'afflux fracassant des vagues, comme un refrain. Les réverbères suspendus éclairent les gestes, les mouvements de couteaux, des fourchettes et les visages penchés sur les assiettes. De temps en temps un rire explose, couvrant les éclats de voix.

Le serveur réapparaît, chargé de pizzas odorantes. Les premières sont pour Nina et Caterina qui obéissent aux injonctions des hommes et commencent à déguster « ce plat des pauvres qui maintenant est dans les restaurants. Vous auriez imaginé ça, vous ? »

Après le repas, les deux couples décident de faire quelques pas le long de la plage. Silvio a renoncé à les suivre. Il enjambe un muret et s'installe sur un rocher. Il observe la mer. L'obscurité de la nuit sans lune épaissit la sombre étendue mouvante. Une vision fascinante, à la fois inquiétante et magnifique. Un espace sans arbres, sans couleurs, mais à l'odeur revigorante.

Des silhouettes marchent sur le sable. Un homme et deux femmes, ils ont retiré leurs chaussures qui pendent à leur main. Une des femmes s'est arrêtée pour embrasser l'homme. L'autre se dirige vers les rochers. Elle est voûtée, concentrée sur son déplacement, elle n'a pas vu Silvio, mais lui la reconnaît. Il en est sûr.

— Luisa ? Luisa, c'est bien ton nom ?

Elle lève la tête. Il ne distingue pas son sourire, il le devine. Elle a accéléré le pas. Elle le rejoint. Ils sont debout sur le rocher, face à face. Ils sont muets. Chacun en attente des questions de l'autre. Silvio le premier a rompu le silence :

— Il y a des crabes par ici aussi, plus gros !

Elle rit :

— Tu crois ? On ne devrait pas rester là.

Ils rejoignent le muret et s'y asseyent.

— Je repars pour Milan demain matin.

— Moi, j'attends mon affectation militaire…

Elle ne quitte pas la plage des yeux, il ne quitte pas sa main. Elle a posé sa tête contre son épaule. Il y a dans ce contact quelque chose comme un réflexe élémentaire de conciliation, un trait d'union entre le passé et le présent… La mer est devenue pendant quelques instants une rivière nommée la Lenta, et l'obscurité de la nuit l'ombre des grands pins…

Se reverront-ils ? Aucun des deux ne peut l'affirmer, alors ils se taisent. Luisa entend son frère l'appeler, elle se lève et le rejoint sur la plage. Enzo a-t-il aperçu sa sœur assise sur le muret aux côtés d'un inconnu ?

Silvio est retourné avec son groupe qui l'attendait. Nina a-t-elle reconnu celle qui se tenait près de son fils ? De tous les témoins de la scène, aucun ne posera de questions.

Les dernières lumières de la pizzeria sont éteintes, le *lungomare* est désert. Le sommeil des hommes s'est accordé à la nuit tandis que le roulement des vagues, sans cesse renouvelées, rythme le temps du monde et les histoires passées et à venir.

IMPRIM'VERT®

Certifié PEFC

Ce produit est issu de forêts gérées durablement et de sources contrôlées.

PEFC™
10-31-2581

pefc-france.org

Achevé d'imprimer et broché en France
en septembre 2021 sur les presses de
Isiprint
1re édition, 1er tirage
N° d'impression : 160368